郭美美案

的中南海絞殺

I0661461

作者／王淨文 季達

郭美美案的中南海絞殺

目錄

第一章

郭美美被庭審

2015 年 9 月 10 日，極負爭議的網路「炫富女」郭美美被以
開設賭場罪在北京東成法院開庭審理，一審被判處徒刑 5 年。
除了賭博，官媒也指郭從事性交易。曾有媒體報導，郭美美
與劉雲山父子關係匪淺，令疑點重重的郭案更加撲朔迷離。

2015 年 9 月 10 日，網路「炫富女」郭美美受審。（網路圖片）

7

第一節

案疑點多
性交易賭博都不是答案

2015 年 9 月 7 日，就在習近平的閱兵熱潮在網路上替代了天津大爆炸、並漸漸走入尾聲時，官方突然宣布要開庭審理網路「炫富女」郭美美，這令網路再度燃起熱點，人們的注意力馬上就轉到這個極具爭議性的「郭美美 baby」身上了。

不過，郭美美真的是靠賣淫掙賭資的嗎？她的靠山只那一、兩個商人嗎？人們普遍認為，沒有中共中央級的保護傘，郭美美這個涉世未深、底層弱勢單親家庭出身的女孩，不可能調動孤傲的經濟學者郎咸平，為其母女洗脫二奶的污名，也不可能在一夜間把有關郭美美的帖子從大陸網路上一掃而光。

2011 年 6 月 28 日中國紅十字會總會以郭美美虛構事實、擾亂公共秩序為由向公安機關報案，但案子直到 3 年後都沒有結果。而紅十字會黨組書記趙白鴿發誓要扳倒郭美美，但最終倒下的卻是自己。2014 年 9 月 2 日，趙白鴿被免去紅十字會黨組書記及常務副會長職務。

簡而言之，郭美美可謂是透視當今中共高層亂象的最佳窗口，這裡面的黑水很深、很深。

官方以賭博罪審判郭美美

2015 年 9 月 7 日北京東城區法院在新浪微博的官方帳號發布消息稱，9 月 10 日上午該院將對郭美美、趙曉來開設賭場一案進行公開審理。中共官媒《人民日報》網上的報導中稱，起訴書中顯示，受到指控的郭美美、趙曉來多次組織他人進行賭博活動，情節嚴重，應當依法追究刑事責任。

據《中國青年報》發表的《起底郭美美》，稱她是 1991 年生於湖南益陽，父親有詐騙前科，母親長期經營洗浴、桑拿、茶藝等，其後父母早年離異。自幼隨母生活，1996 年起先後在深圳、益陽等地讀書，曾在歌唱比賽中獲獎、多次出演網路短片，並為平面雜誌拍攝照片。曾在北京電影學院表演系進修一年，畢業後成為「北漂」。

自 2014 年中共喉舌央視播出郭美美「認罪」的畫面後，她和深圳商人「王軍」及紅十字會的關係，一直備受外界關注。儘管她在「認罪」畫面中表示，「會還紅十字會一個清白」，但網民仍質疑，「這麼一個小女子沒有背景能開得了賭局？」還有網民稱，「避重就輕，我們就想知道，她和紅會到底什麼關係。」

民眾質疑「賭博」是官方設的陷阱

不過，很多人並不相信官方這一說辭。中國博客網路知名作

家「心悅白雲」發文稱，或許郭美美設賭被抓都是一個圈套，包括現在公開審理郭美美都是為了洗刷紅十字會，挽回紅十字會公信力，如果是這樣，那麼郭美美事件將永遠沒有真相！

至今，郭美美在新浪的微博仍吸引近 174 萬粉絲圍觀。2014年 7 月，郭美美發布的最後一則消息至今仍有網民評論 7 萬多條。

在多數網民對其被捕拍手叫好的同時，也有網民認為，「郭美美的主要問題是道德問題，違法情節並不算嚴重，但是，國家卻通過行政力量搞臭她和她全家，對她施行凌駕於法律之上的制裁，讓她自我揭發、自我批鬥、自我反省，這其實也是一種行政暴力，絲毫沒有考慮即使道德敗壞的人也有人權，也有隱私權。CCTV 等官媒藉輿論讓一個女子替紅會背黑鍋。」

郭案不像警方公布的那樣簡單

據官方報導，郭美美曾供述，她 19 歲時被「乾爹」包養，後來通過網上聯絡、熟人介紹及主動搭訕等多種方式，多次與人進行性交易，每次的價碼達數十萬元。郭美美曾在網上稱她簽約一家演藝公司，公司安排她每年不少於 50 次的「夜場商演」，每次支付報酬 5 萬元，這是其主要收入來源，但警方稱，郭美美所謂的「商演」其實不足 20 場，更多的卻是藉「商演」為名從事性交易。

2014 年世界盃足球賽期間，郭美美通過網路下注參加賭球，為牟取暴利開設賭局，長期參與賭博活動。2014 年 6 月，郭美美因在澳門豪賭欠下 2.6 億元巨債而被追債網通緝，不過很快就有人替她還了 1 億多。網媒盛傳的郭美美「乾爹」、前中紅博愛董

事王軍並無這種能力，即使有這種財力恐怕也不會為情人掏出如此巨款。

後來該追帳網稱，郭美美找到了新「靠山」，替她還清了近半數欠款，使她暫時得以脫身。郭美美本人則轉發了微博，並留下「汗」的表情。但官方稱，這是她精心炮製出的一則聳人聽聞的消息，意在提高其賣淫的身價，不過北京警方承認，郭美美曾前後 60 次出入澳門、香港以及周邊國家賭博。官方否則郭美美曾經手上億賭款，說是有人夥同她一起虛構的，但郭美美在與富少們爭強炫富期間，有人就曬出了 50 億存款的信用卡餘額。

眾多網友一直質疑，這樣一個價值觀扭曲、金錢至上的年輕女子，其一個微博幾乎摧毀了一家「百年慈善」機構，卻能全身而退，是否存在傳言中的「靠山」和「背景」？她所稱的「乾爹」究竟是誰？到底有多大的「能量」？

據蒲匯塘漁夫在其博客披露，郭美美的後台乃是劉雲山，其背後有個強力公關團隊，拉皮條、拍戲、網上造勢，若不是有劉雲山這個靠山，哪裡會可以如此囂張。這郭美美不光伺候劉家父子，還有很多高官也在陪伺名單上，王岐山暗中命人調查後，覺得這裡可以挖出不少線頭，就命人把郭美美給抓了！

2014 年 7 月 11 日，中共黨媒「新華網」發表署名為碧翰烽的博文《「輸大了」的郭美美還有靠山出手嗎？》。文章稱，郭美美被抓表明有靠山也不靈了。之前所傳的郭美美事件，背後總有一種神祕力量，讓其多次化險為夷，從容過關。不知道這一次郭美美又會怎樣來進行「公關」，會不會又有強大的靠山或是乾爹，或是什麼樣的力量，再次讓其引發一片譁然。

有多家媒體爆料稱，郭美美的大靠山是江派成員、中共中央

政治局常委劉雲山，甚至還出現郭是劉私生女的傳言。有人說，郭美美的鷹鉤鼻形和劉雲山的很相像。

　　據說郭美美與劉雲山關係匪淺。有評論稱：一個小女子為何如此有能耐？3 年前郭炫富事件後發生的郎咸平為其洗白與帖子被刪等，顯示事件背後有著劉雲山及其子劉樂飛的影子，而從一開始，郭美美提到的紅十字會搞的「博愛小站」，就和劉樂飛的中國人壽保險公司直接掛鉤了。

　　2013 年 6 月 17 日，一向以透露北京高層內幕而出名的網路人士「牛淚」發帖說，「美美關乎某一把手？」暗示連習近平都可能動不了郭美美。如今郭美美被送上了審判台，接下來好戲就要開場了。

第二節

庭審紀實

郭美美認錯不認罪 沒提乾爹

　　北京時間 9 月 10 日上午 9 時 30 分，網路「炫富女」郭美美、趙曉來涉嫌開設賭場案在北京東城法院第二法庭開庭審理。據稱，由於該案件涉案人較多，案卷的電子版數量高達 30G。外界好奇，一個 20 出頭的小女子究竟都幹了些啥，卷宗會如此龐大。

　　根據大陸媒體的視頻直播可以看到，素顏的郭美美一身上白下黑的寬鬆衣服走下囚車，在兩名警員的帶領下進入法庭。

　　案件在 9 時 30 分準時開庭。法庭上公訴人、辯護人、審判人員，外加媒體及被告人家屬等約 100 餘人旁聽當天的庭審。

　　據悉，這次開審檢方只起訴一個罪名：「開設賭場罪」。同案的趙曉來也一同走進法庭。

　　檢方指控，郭美美夥同康某（外籍，郭美美男友）、呂某（郭

美美生活助理）、趙曉來、陳某，於 2013 年先後 3 次在朝陽區某國際公寓開設賭場，以「德州撲克」的方式賭博，涉賭資 200 餘萬元。郭美美稱康奈德是職業撲克手，賭博收入為其主要生活來源。郭在北京所居住房子資金來源為康奈德。

在檢方指控中，均未涉及關於郭美美「乾爹」及郭美美從事性交易等。

這是自 2014 年世界盃足球賽期間郭美美因涉嫌參與賭博被北京警方拘押後的首次公開露面。網民說，跟以往郭美美在微博上的照片相比，現在的她「胖了一號」。微博網友在東城區法院的官方微博直播區下方留言說：「臉嘟嚕了，長肉了。看樣子，號子滿適合郭美美。」

郭美美出庭日著白衣黑褲，但未著囚服，引發許多網友質疑。北京法院網官方給出了回應，宣稱依照《最高人民法院公安部關於刑事被告人或上訴人出庭受審時著裝問題的通知》的規定，為進一步加強刑事被告人人權保障，彰顯司法文明，今後法院開庭時，刑事被告人或上訴人不再穿著看守所的識別服出庭受審。

不過在一年前中央電視台採訪時，郭美美是身穿囚服「當眾認罪」的。

據官媒報導，2014 年 8 月郭美美在「電視認罪」中「坦白」是虛榮心作祟，才稱自己是「中共紅十字會商業總經理」，她「會還紅十字會一個清白」。

此次審理並未牽涉郭背後的「乾爹」，對此有微博網友留言說：「還是對乾爹紅會啥的比較感興趣。」

只審賭博 不提紅十字會

郭美美之前在其新浪微博帳戶曬出白色的瑪莎拉蒂跑車和橘黃色的蘭博基尼跑車和其他奢侈品、包包等。並自稱是「中國紅十字會商業總經理」。自此，中國紅十字會被捲入巨大的輿論漩渦，面臨了前所未有的危機。

數據顯示紅十字會在 2011 年 7 月得到的公共捐款減少了 5.2 億元，比 6 月「郭美美事件」衝擊前下降了 51%。2012 年紅十字會得到的公共捐款減少了 74 億元，比前一年下降了 73.6%。但據 2011 年底由中共監察部、中國社科院社會學所、北京劉安元律師事務所、中國商業聯合會和中國紅十字會總會公布的聯合調查結果，宣稱郭美美與中國紅十字會總會及商紅會沒有任何關係。

2 年之後的 2013 年 4 月，中國四川雅安發生大地震。紅十字會在賑災募捐中再次遭遇了公眾質疑和譴責，再次深陷信任危機。

正如原中國紅十字會黨組書記趙白鴿接受中國媒體採訪時所說：「郭美美事件三天，毀掉紅會一百年。」

北京東城法院認為郭美美、趙曉來等無視國法，開設賭場，情節嚴重，觸犯刑法，現以開設賭場罪追究刑事責任。但郭美美不認可該罪名，認為行為不構成開設賭場罪，只是有錯不該參與賭博。

根據中國有關法律，若郭美美被定罪為開設賭場，她最高可能面臨 10 年監禁。

據官媒報導，檢方指控，郭美美等人先後於 2013 年 3 月 13 日晚至 14 日凌晨、6 月 26 日晚至 27 日凌晨、7 月 1 日晚至 2 日

凌晨，在北京市朝陽區某國際公寓房間內開設賭場，進行賭博活動。3 次賭資數額共計人民幣約 317 萬元。

2014 年 7 月 9 日，郭美美被指涉嫌賭博扣押，同年 8 月 20 日被逮捕，此案進入刑事司法程式。2015 年 5 月 21 日，郭美美、趙曉來案被提起公訴；5 月 28 日，北京東城區法院立案審理。

警方稱，郭美美嗜賭成性，先後 60 餘次往返澳門、香港及周邊國家賭博，後郭美美在北京開設賭場，邀人參賭，她從中抽取 3% 至 5% 的返點作為「水錢」。郭美美開設賭局的每場賭資金額都在百萬元以上，她個人通過「抽水」非法牟利數十萬元。

不過從檢察院最後的起訴書來看，郭美美只是組織參與了三次賭博，三次賭資總共 317 萬元，照例說案情很簡單。兩相對比，當初警方的爆料比檢察院實際起訴的金額要少很多。

隱藏了乾爹 曝光了男友

據官媒 2014 年 8 月 3 日報導，郭美美的「乾爹」叫王軍，廣東省深圳市人，以參股方式投資房地產、基金等領域，是郭美美 2011 年「紅會炫富」事件中的關鍵人物。2014 年 7 月 24 日，即郭美美被抓兩周後，王軍因涉嫌「刑事犯罪」被拘留。但這次庭審絲毫未提王軍，從那以後，也不見官媒任何有關王軍的報導。

陸媒稱，2010 年 19 歲的郭美美就與王軍確立包養關係。王軍供述，郭美美要求他買一輛跑車，作為郭的生日禮物，不買就與之斷交，後來他給了郭 240 萬，讓她自己買車。

這次庭審雖然沒有提到郭美美的「乾爹」或「性交易」夥伴王軍，但卻曝光了郭美美外籍男友康奈德的身分。康奈德來自南

非，郭美美稱他是職業撲克手，賭博收入為其主要生活來源。郭在北京所居住房子資金來源為康奈德。友人朱亮打牌輸給康奈德40萬，欠條上寫著朱亮欠郭美美40萬，最後朱亮將30萬現金分為5次交給郭美美，郭美美說她將現金都給了康奈德。

郭美美曾在微博曬與外籍男友的親密合影。

鮮亮外表下隱藏的不堪事

9月10日公開庭審之後，郭美美再度成為各大網站新聞的熱點。有人稱，郭美美是注定為「頭條」而生的女子，這次不費吹灰之力，再次成為頭條。按照郭美美的邏輯，臭名也是出名，只要能出名，名聲就能帶來財富，名聲就有品牌效應。10日這一天，與郭美美相關的各種傳聞再一次甚囂塵上，網路及論壇的跟評和吐槽更是一浪高過一浪。足見人們對郭美美的關注和等待從來沒有冷卻過。

有評論質問說：那些在郭美美賭窩中一擲千金的賭客、那些

一擲數十萬一親芳澤的風流客、那些以「商演」為名介紹賣春的
演出機構、那些為了讓郭美美成名，編織出無數個「熱點」和「炒
點」的操作客，他們究竟是誰？該承擔什麼樣的責任？郭美美的
「圈內人」都到哪兒去了？可以說，郭美美只是一種腐壞的社會
氣質的一部分，頂多因其淺薄的炫富，瞎貓撞到死耗子式的以一
顆火星的姿態撞進了充滿高溫、高熱粉塵的社會空氣中，並引起
了她自己難以想像的影響。她只是一個小小因由而已，真正令人
擔心和恐怖的，是爆炸物本身。

有人把郭美美看成是一種變異社會狀態的表象，一種讓人感
覺複雜的社會現象。然而，真實的郭美美故事牽扯的遠遠不止這
些，這背後牽連著中南海政局，牽扯著中共中央政治局常委。

第三節

新華網稱郭美美為
「全民公敵」

2013 年 7 月 1 日，中共新華網稱郭美美
在「挑逗全社會」，把其升級為「全民
公敵」。（網路圖片）

中共黨媒：郭美美是有背景的「妖怪」

　　2011 年郭美美高調炫富後，導致中國紅十字在蘆山「4·20」的募捐收到無數個「滾」字。之後，紅十字會社會監督委員會宣布要重新調查郭美美，以挽回紅會「信譽」。不久，郭美美公開在微博叫板「只要敢動我一根毫毛，我立即公布紅十會很多不為人知的貪污內幕！」之後，紅監會放棄重查郭美美。

　　2013 年 6 月 25 日，人民網曾刊登署名評論文章表示，高調、跋扈的郭美美，能讓紅會及有關部門是如此膽戰心驚、投鼠忌器、龜縮躲避，「顯然是一隻大有背景的妖怪。」

　　2013 年 6 月 27 日，黨媒新華網在發表的文章中說，對如此

囂張的「叫板」，紅會卻依舊忍氣吞聲。那麼，紅會為什麼要選擇逃避，不敢重查郭美美呢？這實在讓人費解。27 日，新華網發展論壇在《死捏紅會七寸？郭美美若是妖，背後大神又是誰？》一文中說，紅會在公信力一降到底之際，連起訴郭美美這根最後的救命稻草都不撈，明顯違背人在緊急關頭的應急反應。文章說，這麼拚死捍衛的難道果真是美美這個小妖嗎？美美背後的「大神」是誰？到底又是誰在寵、誰在護這隻小妖呢？

紅會貪腐黑幕

紅會在 2008 年四川汶川大地震後，有民間慈善基金募集數千萬元賑災捐款，但捐款卻暗中流入「北京師範大學壹基金公益研究院」，外界質疑捐款被中國紅會挪用自肥。中國紅會方面至今未回應事件。

汶川地震發生後，一百多名藝術家義拍 8000 多萬元，定向捐給都江堰市青城山，至今青城山沒收到該款項。

在紅會的腫瘤治療項目中，4 年來，約 100 台報價近千萬元的超聲刀（實際價值僅 12 萬元），通過紅基會進入百家醫院。紅基會從受贈醫院收取了近 6000 萬管理費去向不明。

主辦方中國紅會曾以慈善之名號召捐獻骨髓，取樣建庫，並稱如果有匹配的患者，再聯繫志願者捐獻骨髓。但是，患者查詢中華骨髓庫每次收費 500 元，要得到骨髓還要再交至少 5 萬元！

紅十字會副會長郭長江的兒子郭子豪，開瑪莎拉蒂名車，郭公子自稱是瑪莎拉蒂總裁，車牌：京 X88888。有人說，光這車牌的錢在帝都就能買幾套房了⋯⋯

大陸 2010 年總計 1180 萬人無償獻血，其中無償獻血量 3935 噸，但紅十字一袋血 200 毫升賣給醫院 200 元，醫院賣 500 元，紅十字會收入 39.35 億。

盤點郭美美眾多乾爹

2011 年 6 月 21 日，郭美美以「中國紅十字會商業總經理」的認證身分在微博高調炫富，其奢華的生活曝光後，將紅十字會推上了輿論的風口浪尖。

據微博爆料稱，郭美美的幾位「乾爹」背景顯赫。天略集團董事長丘振良，是郭美美整容後認識的第一個「乾爹」並被其包養；第二位「乾爹」是北京某著名投資集團董事長戚 XX，曾經開創了高檔且罕見的渡假村；第三個「乾爹」是中紅博愛的王軍（深圳地產商人），之後被郭美美的母親說成是女兒的「親爹」。

財訊網 2013 年 4 月 24 日發表的《紅會重新調查郭美美 這個女人不一般》這篇報導中稱，網友質疑郭美美與紅十字會副會長郭長江的關係：「親生女」或「情人」？

豪華生日派對

2013 年 6 月 15 日，就在紅十字會提出要重新調查引發眾怒的郭美美時，郭美美迎來了她 22 歲生日。6 月 15 日，也是中共總書記習近平的生日，只是一個出生在 1953 年，一個是 1991 年。

2013 年 6 月 16 日下午，郭美美在網上曬出一組慶生照。15 日晚，郭美美在澳門包下整間酒吧舉辦 Party 慶祝生日，現場熱

鬧奢華。

通過照片可以看出，酒吧的巨大舞池中燈光鮮豔閃爍，「郭美美 HAPPY BIRTHDAY」的大螢幕閃耀而顯眼，眾人喝酒熱聊十分熱鬧，現場人頭攢動。

雖然只是一個派對，但郭美美至少換了三套造型，還秀出價值不菲的拼色愛馬仕包，排場不輸藝人走紅毯。另外還有一張她穿低胸裝和迷你裙坐在地上，近乎半裸的照片。

郭美美不受調查事件影響，繼續炫富大辦奢華慶生派對，引起了網友們的憤怒和斥責。有人調侃道：「她乾爹來了嗎？」還有人戲稱：「難怪昨晚國足輸球了，原來趕上郭美美生日。」有網友評論道：「郭美美，生日快樂！你讓全世界知道中國紅十字會把我們的捐款用到了什麼地方，了不起！」

中國紅十字會社監委委員王永透露，關於此前提出的重啟「郭美美事件」調查僅獲得了包括他在內的少數委員支持，只有兩票贊成。最終，社監委認為，關於對「郭美美事件」重啟調查，還有待進一步徵集實證。

新華網稱她為「人民公敵」

在官媒稱郭美美是妖怪、能嚇得紅十字會啞口無言之時，郭美美的一段網路留言再次引起網友的熱議。郭美美表示：「永遠不要停止微笑，即使是你難過的時候，說不定有人會因為你的笑容而愛上你。」同時，郭美美在網上曬多張自拍照。

新華網評論文章說，「這分明是郭美美用勝利的微笑在向挑逗全社會，用勝利的微笑面向全社會求愛招夫嗎？！」並把郭美

美升級為「全民公敵」。

2013 年 7 月 1 日，新華網博客回應了題目為《郭美美打微笑牌是求愛，還是挑逗全社會？》的文章，作者質問，中國紅會過去強大得可以把手伸進全國公務人員工資袋裡掏錢的機構，如今讓郭美美折磨得像個忍氣吞聲、唯唯諾諾深怕得罪了婆婆的小媳婦一般。郭美美了不得了，「這是為什麼呢？」

文章說，唯一的線索就是郭美美曾在微博公開叫板「只要敢動我一根毫毛，我立即公布紅十會很多不為人知的貪污內幕！」

文章還說，郭美美先是炫耀自己的銀行卡上有 51 億元存款，然後又高調舉辦奢華生日派對。這兩起進一步炫富動作，中國紅會又成了輿論焦點。

針對網傳卡裡有 51 億元餘額一說，郭美美在微博闢謠稱，此事為好事者炒作，自己天天中槍，並表示要有 5 億自己「都會笑掉大牙了」。因此，有說法稱，此為有人故意「火上加油」。

也有人猜測，郭美美也許不是故意要炫富，只是她平日的生活就是如此，網路上很多「90 後」也喜歡將自己的照片發到網上呀！只是她不小心踩了紅十字會這個地雷。

然而令人納悶的是，不光紅十字告了 3 年也沒動得了郭美美，如今北京法院審判郭美美，也隻字不提紅十字會的名譽損失，只談賭博，一審卻重判了 5 年徒刑。那在此之前，郭美美背後到底有群怎樣的妖怪呢？人們都很好奇。

第二章

炫富女的張狂

2011 年 20 歲的郭美美在新浪微博上炫富的自拍照與發文，令她一夜爆紅。自稱中國紅十字會商業總經理、住大別墅、開瑪莎拉蒂跑車、背愛馬仕名包、騎德國純種馬、出行坐頭等艙……，張狂的行徑讓外界開始猜測郭炫富背後，誰是她的男友、乾爹、親爹？

郭美美炫富照。（AFP）

第一節

郭美美炫富 紅十字會現醜

郭美美和她的瑪莎拉蒂。（AFP）

郭美美「故事」起源

　　2011 年 6 月 20 日，在新浪微博上，網名為「郭美美 baby」的 20 歲女孩郭美美，喜歡用高清鏡頭的手機自拍、在微博等網路空間上發布生活點滴。她自稱家住大別墅、擁有瑪莎拉蒂跑車和十多個愛馬仕名包，騎德國純種馬、出行坐頭等艙……等。郭美美事件發端於 2011 年 6 月 20 日。據《南京晨報》報導，搧動這場風暴的蝴蝶，乃是網友「新疆楊雲」發布的一條微博：一個經過新浪微博實名認證的網友郭美美，年僅 20 歲就當上「中國紅十字會商業總經理」，並且開著價值數百萬元的跑車，住著億萬豪宅。

　　他懷疑郭美美的金錢來自人們的捐款，希望有識之士都轉發。網友「殷立新」注意到了此條微博，稍加改編，冠上「網路

質詢令」的名頭並予以轉發。

隨後，僅新浪和騰訊兩家就有近 50 萬條微博湧現。百度資料顯示，關於郭美美的日均搜索次數從起初的 3.7 萬，一躍到 23.7 萬次。籍籍無名的郭美美一夜爆紅。

第二天 6 月 21 日，郭美美首度在微博上回應稱：她所在的公司「與紅十字會有合作關係」，簡稱紅十字商會，「我們負責與人身保險或醫療器械等簽廣告合約，將廣告放在紅十字會免費為老百姓服務的醫療車上。之前也許是名稱的縮寫造成大家誤會。」

3 個多小時後，郭美美將上述微博刪除，又發表一條微博解釋，「紅十字協會和紅十字商會根本就是兩個不同性質，為什麼會有那麼多人揪著紅十字這三個字不放過呢，這跟人同姓或者同名是一個性質。」但隨後這條微博也被刪除。

6 月 26 日，郭美美連發三條微博，稱自己「愚昧無知」、杜撰了「中國紅十字會商業總經理」的身分，並向中國紅十字會與關心此事的網友致歉。

網友們棄而不捨的追蹤郭美美身分，「天涯論壇」網友說，用了將近 65 小時，終於搜出郭美美的身分證號，更發力刨出兩個核心名字：郭登峰和王軍。郭登峰是郭美美的母親，擁有數億資產，但同時也擁有經濟適用房。

在這期間，人們也記錄下紅十字會的回應，不過很多民眾對官方的解釋並不認同。

2011 年 6 月 22 日，中國紅十字會發布聲明稱：經調查核實，該會沒有「紅十字商會」機構，也未設有「商業總經理」職位，更沒有「郭美美」其人。6 月 24 日，紅十字會向警方報案。

6 月 27 日，國家審計署審計工作報告顯示，紅十字總會

2010 年度預算執行和財政收支中存在多項問題，包括一份合同金額超出中標金額 420.33 萬元的設備採購。

6 月 28 日，中國紅十字會召開發布會，重申沒有「紅十字商會」機構，也未設「商業總經理」職位，更沒有「郭美美」其人。

2011 年 6 月末，中國紅十字會祕書長王汝鵬表示，將推出「中國紅十字會捐款信息管理系統」，通過網路平台對捐款的接收、管理和資助流向進行線上查詢。

2011 年 7 月 4 日，中國紅十字會祕書長王汝鵬在其個人博客上就「郭美美事件」作出回應，他表示，該事件反映了行業紅十字會乃至整個紅十字會系統在組織建設、業務開展、資金籌集、專案運作等方面還存在諸多問題和挑戰。

2011 年 10 月 10 日，中國紅十字會在「郭美美事件」後首次出現重要人事調整，61 歲的王偉不再擔任該會黨組書記、常務副會長，由人口計生委原副主任趙白鴿接任。但有關人事稱此次為正常人事調整，與「郭美美」事件無關。

2011 年 12 月 31 日，由監察部、中國社科院社會學所、北京劉安元律師事務所、中國商業聯合會和中國紅十字會總會組成的聯合調查組稱，郭美美與中國紅十字會總會及商業系統紅十字會沒有任何關係，其炫耀的財富與紅十字會、公眾捐款及專案資金沒有任何關係。

「男朋友」是誰？網友「暈」

郭美美在深圳上戶的一輛黃色蘭博基尼車，登記在一個名叫王軍的深圳人名下。巧合的是，現任中共財政部副部長名字也叫

王軍，兼職紅十字會主席，1958 年 11 月出生，是「天蠍座」。與郭所說的男友是「天蠍座」相符，因而這個「北京王軍」受到懷疑。

7 月 3 日，中紅博愛公司 CEO 翁濤突然對媒體說，郭美美是其商業夥伴、該公司董事「深圳王軍」剛認識幾個月的女朋友。但很快遭到郭美美否認：「男友是 1986 年出生，不是深圳的王軍。」翁濤又再次聲明：「郭是王軍女朋友，此消息是王軍告訴我的。」

有深圳媒體跟蹤報導，「深圳王軍」的老婆莫女士接受採訪說，不知道郭美美為老公女友。7 月 7 日，網上又爆出郭美美玩逗小獅子的照片，網友表示，旁邊一拍照男可能是郭美美的 86 男友。

到 7 月 8 日為止，郭美美可能的「男朋友」已出現三個。財政部「北京王軍」、中紅博愛董事「深圳王軍」、陪郭逗小獅子的拍照男。網友按年齡分：58 王軍「天蠍座」，69 王軍「巨蟹座」；86 拍照男。

眾多網友直呼「暈！」感慨「翁濤和郭美美誰在說謊？真相只有一個，期待下集劇情。」類似的郭美美無法自圓其說的質疑點還不止這一例。

郭美美作為性賄賂送高官？

2011 年 7 月 7 日，網友阿竿爆料說，郭美美是天略公司給財政部副部長王軍的性賄賂。爆料者說：「現在可以肯定，郭美美是天略公司給財政部副部長的性賄賂，汽車是天略送給郭的，目

的是討好部長，現在有兩個王軍，一個是深圳的王軍，一個是財政部副部長，深圳的只是天略公司的小股東，郭自稱她男朋友是天蠍座的，深圳的王軍是巨蟹座，只有財政部部長王軍才是天蠍座，現在推出個深圳王軍就是為了保住財政部的王軍。」

「深圳的王軍說車子和包包都是他送給郭的，郭說是生日禮物，可郭過生日離她認識深圳王軍才兩個月，那些包包是一系列的，別說兩個月，就是兩年都買不齊，還有就是郭在飛機上的照片，後面的那個明顯就是財政部副部長王軍，這張照片只要一貼上網路就被刪除，可見部長的威力。這次就看土共是不是能夠徹底查清楚，這個腐敗黑鏈是一個整體，商人、高官和姑娘，希望看到副部長王軍被繩之以法。」

郭美美是否被作為性賄賂送給財政部副部長王軍，目前還沒有證實。

財富哪裡來？說不清

郭美美何許人也？21 世紀網報導，郭美美原名郭美玲，1991 年出生於湖南長沙。父母早年離異，後隨母親南下深圳整容，開始藝人生涯。2008 參加深圳好樂迪「男人 KTV」卡拉 OK 比賽，獲得深圳賽區的冠軍。在接下來的一年裡，郭美美的生活發生了翻天覆地的變化。

2008 年下半年，郭美美突然暴富，18 歲生日時在家中開起生日派對，生日禮物是價值 18 萬的名錶，開起了 MINI，拎起了香奈兒包包。

而在此之前，有網友通過圖片觀察發現，郭美美所用首飾、

所穿衣物均屬低檔貨。此後的一年，郭美美的生活愈加豪華，2011 年甚至開起了瑪莎拉蒂、蘭博基尼，其住所也變成了價值億萬的豪華別墅。

郭與紅十字會什麼關係？

據網友統計，郭美美炫富事件扯出涉嫌貪腐的鏈條涉及到：中國紅十字會、商業系統紅十字會、天略集團、王鼎公司、中謀智國、天略集團董事長丘振良、紅十字會副會長郭長江、郭登峰、王軍、楊瀾等。並扯出兩大黑幕：北京車牌搖號黑幕，湖南經適房黑幕。

最有爭議的商業系統紅十字會（商紅會）到底是個什麼組織？紅十字總會聲明，它與商紅會屬於業務指導關係，紅十字會和商紅會未從事任何商業活動。但這種澄清太過抽象，無法消除外界的疑慮。

郭美美自己也開始反覆解釋：所在公司是與紅十字會有合作關係的紅十字商會，「我們負責與人身保險或醫療器械等簽廣告合約，將廣告放在紅十字會免費為老百姓服務的醫療車上。」但這樣的工作幾乎不可能讓一個一無背景且二無家境的普通人在短時間內暴富。

經網友多番考證，一個名為中紅博愛的公司進入事件漩渦中心。這家公司自稱「中國紅十字會關係企業」，而該公司有可能就是此前郭美美自稱「紅十字商會總經理」的實際載體。

網友說，郭美美說過的所有信息都跟中紅博愛對上了。中紅博愛 2008 年註冊成立，幾乎就在這之後郭美美開始暴富。中紅

博愛 2011 年 5 月發招聘信息，包括行政總經理等職位，同期郭發微博說要學做紅商會總經理。紅十字會投 30 億給中紅博愛，郭美美自稱有收購新浪的實力。

郭美美還認識中紅博愛前法人代表溫敏伊。《南方都市報》報導，溫敏伊的丈夫謝庚是商業系統紅十字會副會長，此前是方圓偉業公司負責人。此前一周，中紅博愛法定代表人剛剛換成翁濤，外界懷疑與郭美美有關。這類企業與紅十字會有說不清、道不明的利益關係。

紅十字會慌亂 忙於「撲火」

隨著網民深入搜索，中國紅十字會趕緊發表聲明，多次在官網上稱，中國紅十字會沒有「紅十字商會」機構，也未設有「商業總經理」的職位，更沒有「郭美美」其人。2011 年 6 月 28 日下午，紅十字會又召開媒體通報會，常務副會長王偉再次重申。新浪微博也作出「澄清」，稱郭美美身分認證為演員。

網民說，中國紅十字會是沒有「紅十字商會」，卻有「商業系統紅十字會」；郭美美是不在紅十字會工作，卻在紅十字會相關企業工作。

2011 年 7 月 1 日，紅十字會總會聲明，暫停中國商業系統紅十字會一切活動。但未解釋暫停活動原因，也未就總會與郭美美的關係作出任何回應。網友質疑，還未調查，就先封門，紅十字會著什麼急？

7 月 4 日晚，紅十字會總會官方微連發四條微博，三條介紹國際紅十字運動歷史和中國紅會歷史，一條為中國紅十字會祕書

長王汝鵬回答博友問題，到 7 月 5 日該條微博評論達 2 萬 8229
多條，被轉發 1 萬 3864 餘次。不過，每一條微博後的評論幾乎
都是罵聲一片。

7 月 6 日，中國紅十字會系統開會通報「郭美美事件」宣稱，
邀請國家審計署工作組和商業聯合會審計和調查商業系統紅十字
會，紅十字會總會於 2008 年與商業系統紅十字會、中紅博愛就
「博愛小站進社區」項目簽訂過三方合作協議，由於商紅會與王
鼎公司、中紅博愛等相關企業關聯複雜，還有待調查。

6 月 28 日，紅十字會以郭美美「虛構事實，擾亂社會秩序」
為由報警，警方立案調查，7 月 7 日，北京市公安局官方微博通
報調查結果：郭美美的「中國紅十字商業總經理」身分為杜撰，
郭美美承認：並不了解中國紅十字會，也從未擔任相關職務云云，
被網友指為北京公安局的「郭美美通報」。

中糧集團都惹不起郭美美

郭美美不光在新浪微博中很霸道，在現實生活中也很霸道，
這從她與大型國有企業中糧集團的一場車禍官司就可以看出端倪。

2011 年 5 月，郭美美駕駛的豪車瑪莎拉蒂，被中糧集團所有
的一輛奧迪車撞壞。隨後郭美美索賠修理費、車輛貶值損失等 69
萬餘元。

令人吃驚的是，這個民告官的官司結果，不是弱女子被欺負，
而是朝陽法院一審判決，中糧集團、肇事司機連帶賠償郭美美 60
萬餘元。

郭美美訴稱，2011 年 5 月 28 日晚，她駕駛瑪莎拉蒂在朝陽

區金桐東路行駛時，與吳先生駕駛的奧迪車相撞。交通事故責任認定書顯示，吳先生承擔全部責任，而奧迪車的所有人是中糧集團。

郭美美認為，作為肇事車輛的所有人，中糧集團將車輛交由吳先生使用，疏於管理，導致事故發生，中糧集團應對事故承擔連帶賠償責任。

因賠償問題協商未果，郭美美將中糧集團、吳先生及保險公司告上法院，索賠車輛修理費等 45 萬餘元。

2011 年 11 月，朝陽法院首次開庭時，郭美美的代理律師提出因被撞車輛存在貶值損失，當庭追加 21 萬元的車輛貶值損失和 2.6 萬餘元的貶值鑒定費，將索賠額提高到 69 萬餘元。

庭審中，中糧集團和吳先生的共同代理人提出，郭美美一方的索賠數額過高，不認可瑪莎拉蒂的維修範圍及貶值損失的鑒定結果，而且當時瑪莎拉蒂損壞最嚴重的是外殼，沒有涉及主體和發動機，不存在貶值損失。

法院審理認為，吳先生因駕車時正在執行職務行為，應由所在單位中糧集團承擔民事賠償責任，保險公司在保險限額內承擔連帶賠償責任。事故發生時，郭美美購買瑪莎拉蒂僅一個多月，經鑒定此次事故對車輛造成減值損失，故對該項訴求予以支持。

法院最終判令被告中糧集團、吳先生承擔連帶賠償責任，賠償維修費 39 萬元、車輛貶值費 21.3 萬元，保險公司賠償維修費 2000 元。

從這不難看出，郭美美這個湖南女子，從深圳跑到北京，但在北京卻能呼風喚雨，能輕輕鬆鬆就讓國企大公司因為一個小小的汽車相撞事件，就賠償了 60 萬人民幣，由此可見，郭美美在北

京的後台非同一般，她絕不是官方報導的那種賣淫的底層百姓。

整容前照片被曝光

2014 年 7 月 10 日，郭美美因賭球被警方抓獲，這是這名網路紅人曝出的又一樁醜聞。在眾人的印象中，郭美美除了喜歡炫富，還喜歡在微博上曬自拍照。照片中的她擁有錐子臉，明眸善睞，打扮十分豔麗。

然而隨即便有網友找出其真人照，大餅臉、雙下巴、皮膚粗糙，與之前她本人微博曬出的自拍照大相徑庭，甜美嬌豔之相全無，老態盡顯，網友紛紛大呼「被騙了」、「PS 果然是修容利器」。

網友通過人肉搜出她整容前的照片，照片中的郭美美是一個胖胖的圓臉，鼻子也不如現在挺拔，與整容後的相比又簡直判若兩人，與此同時，某整形醫院工作人員更爆出郭美美驚悚整容過程以及其整容的花費帳單，原來郭美美為了美容竟然揮霍了近 13 萬人民幣。

網友傷心：熱血捐款？以後不會了

至此，官方把所有疑惑引向「深圳王軍」，但民眾並不買帳。漣漪 ricky：「基本上這事（郭美美 baby）到此結束了。水太深，他們敢這樣發聲明，很可能已經把各種準備工作做好了，然後來個死不承認，封鎖消息，郭美美消失。這事現在看來是錯綜複雜，自挖到郭母、王軍、SCC 超跑俱樂部後，明顯大面積刪帖，背後很可能牽扯出一堆高官的。」

　　網上還風傳北京消息人士透露的時任中共防長梁光烈的批示：未查清郭美美巨額資金來源是否挪用紅十字會資金前，軍隊各大單位暫停與中國紅十字會合作，並不排除索要錢物。據悉，每年各軍事單位都要組織士兵為紅會捐款獻血，沒想到 300 萬軍隊的捐款卻和公共情人郭美美聯在一起。

　　有網友發出宣言：「今晚，我們圍觀郭美美，實際上，我們是在圍觀權力。我們要看看，權力怎麼導演這齣戲。但是，不管權力怎樣的傲慢，怎樣強大，網友手裡的一隻隻鼠標，都是向權力豎起的拳頭！」

　　也有說：「以後肯定不會把錢捐給去向不明的任何十字會，不管是紅的還是黑的」；「給紅十字捐款不僅說明你有愛心，還說明你沒腦子。為紅十字辯護不僅說明你沒腦子，而且沒良心。」

　　「我們也很多次一腔熱血地為國捐款，以後不會了。不是不想為國盡一份心意，如果我捐的款進了那些貪官污吏兜裡，我會覺得自己被騙很傻。當人被騙時不要責怪騙子，首先應該反省自己是不是太輕信，不過誰會想到一個國家最不應該黑的地方也那麼不乾淨呢？」

　　「物價高，我要吃、要喝、要住、要讀書、要生病，我認！工資低，我沒本事，我認！公款吃喝，我沒資格，我也認！但是，我省吃、省穿結餘的善款，你們用它玩車、玩房、玩女人？那是完了糧，納了稅的乾乾淨淨的錢！！我不認！！！」

　　「我想我以後是不會再捐獻任何錢財給這個紅十字會了。你哪？」「當然問題肯定有，只是人們想知道到底中國慈善機構有多黑。」

第二節

郭美美和江澤民

　　《新紀元》周刊總編輯臧山在 2011 年 7 月 14 出刊的雜誌發表評論指出，對比郭美美的炫富，與江澤民的耀權，實質是一回事。

　　文章說：「大學是個好地方。對我來說，大學裡最好的地方是學生宿舍，晚上關燈之後，擠了 8 個人的 20 平方米，通常會舉行辯論大會。大家躺在床上大吵特吵，辯論主題從女人到宇宙形成應有盡有，這足以證明大學確實是年輕人受教育的好地方。

　　記得有一個晚上辯論的主題是，人類是否應該由屁股決定腦袋？其實這是一個非常複雜而又深刻的課題，所以辯論的熱度急劇升高。一位同學認為，屁股決定腦袋是必然的，要決定一棵樹是在左邊還是在右邊，必然是由觀察者屁股的方位所決定。但這也引起了爭議，另一位認為，脫離了出發點單純談論目標是沒有意義的，所以兩個人要達成同樣的共識，首先必須確定共同立場。

　　大陸已故雜文作家王小波曾經對這個問題有一個非常有文化

的解釋，在所有的文章中，評論最容易寫，只要有立場，就會有相關的價值判斷。

最近兩個星期，中國網路上熱炒的話題，一是郭美美事件，二是江澤民的死訊。先說江澤民的死訊，消息傳出後，有人如喪考妣，有人若有所思，也有人大喜過望燃點炮竹慶祝。老實地說，我是屬於心中高興一群的。雖然口頭上不願意承認高興有人死，但心中總是暗暗歡喜。這和當年毛澤東去世的時候不同，那個時候心裡其實並不悲傷，卻總要和大家一樣表現出沉痛的樣子。

按照我們當年在大學宿舍辯論的結果，不同的態度自然和不同的立場有關。因為對中共的厭惡，因此才有幸災樂禍的心理。

但郭美美事件不同。這裡我想老實交代，我從來沒有向中國紅十字會捐款，因此郭美美從中國紅會那裡發了多少財，本來和我並沒有關係。我估計紅十字會和中共官方，現在應該非常痛恨郭美美，因為她炫耀財富，才有了中國紅會現在的困境。

其實郭美美和江澤民有共同的地方，不同的是郭美美只炫耀財富，而江澤民則炫耀他的權力。

秦朝末年，楚霸王項羽成功壓制了各路起義軍隊，把咸陽一把火燒光。有人建議他在地緣位置極佳的秦王國故地建都，項羽說了一句千古名言：富貴不還鄉，如錦衣夜行。後來劉邦把關中地區作為根據地，終於打敗項羽建立了漢王朝。

從歷史記載中看，項羽打仗幾乎是戰無不勝，最後卻自刎於烏江，上述那句名言，應該是重要的原因，否則太史公也不會專門記載這句話了。其實，中共就是一個炫耀權力無所不用其極的政治集團。而權力擁有者最大的炫耀便是濫用權力，中國大陸遍地皆是的面子工程，肆意侵犯弱者的權益，封住別人的嘴之後的

自我高呼萬歲，都是炫耀權力。而江澤民到處題詞留字，仗權欺壓，也是不願『錦衣夜行』的表現而已。

郭美美只是小女子，富貴後的炫耀情有可原，而掌權者的炫耀後果可能嚴重得多。最起碼，政治領導人做到死後有民眾放鞭炮慶祝，可算是做出了另一番境界。」

一個無意中被捲進漩渦的小女子

2015 年 9 月，即使在郭美美被開庭審判前夕，郭美美在新浪微博上的粉絲依舊有 173 萬，也有極少數人替她鳴不平，說網路上曬自己的人很多，假如不是因為紅十字會遭人討厭而連累了郭美美，郭美美完全可以享受自己的富裕生活。

在郭美美的微博裡，現在還能看見下面一些發帖：

想了好幾天的義大利麵終於吃上了，剛瘦到 84 斤……這是又要胖回去的節奏啊 [抓狂] 嘴饞腫麼辦 [淚][淚]

生活很簡單，喜歡就爭取，得到就珍惜，錯過就忘記。我很珍惜現在所擁有的，就這樣幸福下去吧 [心]

好身材是餓和練出來的 [拳頭][拳頭]Ps：裝修新房子是件頭疼的事兒，還好有麻麻在 [愛你][愛你]

有時候，就算擁有全世界還是依舊空虛。有時候，只是吃個蛋糕已經倍感幸福。雙子座就是一個矛盾體 [暈]

有人從郭美美的微博中看出她好像頗為直率，有什麼說什麼，不是那種有心計的人。也有不少人認為，官方後來稱她從事性交易等，可能並不一定是真的，官方也許要掩蓋的就是郭美美為何在 20 歲後突然暴富的真實原因：真的攀上一位高官了……

第三節

紅會劣跡 中國人善心崩潰

　　郭美美事件引爆紅十字會信任危機，網路媒體熱評不止。中共官員貪污受賄、涉賭、涉黃、包二奶雖早已不是新聞，但每每曝光仍「雷倒」民眾，官員們的奢華糜爛不斷突破社會「道德」的底線，同時挑戰民眾的接受底線。中國人的善心就這樣一點點被傷透、蠶食，最後崩潰，而郭美美事件只是壓垮駱駝的最後一根稻草。

紅會強收硬派 豪華消費

　　2011 年 7 月 5 日，南昌大學生陳向西準備利用暑假回老家贛州市考駕照，他在贛州白雲駕校報名時卻被告知，除了駕校學費，還要向贛州市紅十字會交 90 元的「救護培訓費用」，如果不交，就領不到駕駛證。他很氣憤和無奈。贛州紅十字會一名工作人員

向《每日經濟新聞》證實了這一說法。

廣州一間私營企業的鄭老闆也證實，每年當地居委會都要找他的企業拉贊助，強行要求慈善捐款，雖然錢不多，只要 300 元，但他始終不知道這 300 元去哪兒了，如今根據「郭美美事件」，他感覺極有可能大部分被貪污和截留或者揮霍了。

北京曜陽國際老年公寓是由北京城建集團與中國紅十字基金會聯合興建。2011 年老年公寓部分已售完，價格高達 1 萬 4000 元／平米。網友對此有三問：一、中國紅十會可以兼營地產？二、如此高價，誰能享用？三、利益如何分配？

2011 年 4 月，網路爆出上海盧灣區紅十字會人員在一家全封閉私人高級餐館「慧公館」消費近萬元的發票，引發輿論譁然，上海市紅十字會火速給出「核查結論」聲稱：資金來自工作業務經費而非社會捐助款；此為公務活動，超標部分個人承擔。

但民眾提出種種質疑，「啊，原來『吃』也是紅會業務。」經費或是納稅人錢，或是善款。這還是曝光後的處理。不曝光呢？就報銷了，怎麼就吃得氣壯、報得正當？而且，紅會隱瞞重要事實，吃的地點實際是黃浦區十六鋪店風景最好的臨海包間，這顯然是專程去豪華享受。

紅會侵吞捐款 濫收費用

在四川地震、玉樹地震後，不斷有網民懷疑紅十字會侵吞捐款，並濫收費用。中共民政部發言人龐陳敏 2010 年 4 月曾宣稱：「提取 20％的工作經費這肯定不可能。」國家規定 3 ～ 5％，紅會規定不超過 10％。

　　然而，按照上述標準收手續費，已經令人瞠目結舌了，民政局公布的捐款總數是 760 億，如果是按上列規定的最低檔的 3％收手續費，那麼 760 億的 3％就是 22.8 億！！網友說，如此面對國殤，慈善機構與強盜何異？

　　即使是按照中共審計署公布的中國紅十字會總會等 16 家全國性基金會共接收捐贈款物 84.28 億元為基數計算，3％也是 2.5 億。這裡還沒有考察中華慈善總會提取的「一定比例」和紅十字基金會的 10％。

中國人善心崩潰

　　自郭美美事件爆出後，紅十字會一再解釋，但無法平息公眾的憤怒。新浪微博一個名為「郭美美事件後，你還會向紅十字會捐款嗎？」的投票中，近 7000 名參加者中，逾九成人表示「不會」。甚至有網友說，日後在大陸勸捐，必須澄清「與紅十字會無關」才行。中國社會科學院學者于建嶸在新浪微博上發出：「一日不公開，一日不捐款。」

　　2011 年 7 月 6 日下午，寧夏紅十字會網站被黑，在首頁第一張圖片說明被改為：「不相信紅十字會了⋯⋯看看那個郭美美，我在懷疑紅十字會的管理方面⋯⋯」點擊圖片，進入的頁面直接導向一個名為「中國紅客聯盟」的網站。寧夏紅十字會確認，網站確實被駭客攻擊了。

　　中國作家、自由詩人王藏對《大紀元》表示，中國紅十字會完全是官方買辦機構，他們與權力結盟，不斷掠奪民間財富，在中國只有個人與官僚機構掛勾才能夠暴富，每次中國發生災難

時，包括汶川地震，官方就會將喪事變喜事，致使本應災民需要的物資被大量侵吞。

近年來，中國天災人禍頗多，紅十字會屢屢收到巨額捐款，但民政部、紅十字會、中國慈善總會至今不肯公示詳盡的捐贈金額、資金使用去向，又不能拿出具有國際公信力的獨立審計報告，而且劣跡斑斑，如何讓人相信？

科學家：群體中隱藏的邏輯

中國人的善心（或稱利他心）正走向崩潰。原《自然》（Nature）雜誌和《新科學人》（New Scientist）雜誌編輯 Mark Buchanan 撰寫的題為《隱藏的邏輯》（The Social Atom）一書中說，在群體競爭的層次上，演化會淘汰那些都持利己心態成員的群體，而讓那些有很多利他主義成員的群體存活下來。

書中提到蘇黎世大學的費爾及其團隊做的一個試驗：找幾個志願者參加公益基金，每人給 10 美元，隨你捐獻，從 1 元到 10 元皆可。每個人都捐了後，費爾把基金蒐集來，並讓基金加倍，再平均分給每個人，然後再捐獻……循環做下去，很快發現，捐的越少得到越多，最後，作弊人越來越多，合作走向崩潰。

費爾結論，只有強烈的互惠心態，一個群體才有可能出現長期而穩定的合作關係。如果太自私怎麼辦？只有通過政府，或者是一個有力的個人或者機構，才能強制每個人把私有利益交出來，或者透過處罰來抑制欺騙行為，因為有政府，才會乖乖的繳稅。

可是在中國，政府也參與欺騙和作弊，這個群體還有長期而

穩定的關係？當個人心靈開始崩潰，群體將走向分崩離析。

中國慈善業的「災情」

與郭美美相關的紅十字會，全名是「中華人民共和國的國家紅十字會」，是專職從事人道主義工作的社會救助團體，是紅十字會與紅新月會國際聯合會的成員。前身可追溯於 1904 年 3 月 10 日成立的上海萬國紅十字會。中國紅十字會總會由中共國務院領導、聯繫，下屬各地區、行業分會以及高度自治的兩個分會——香港與澳門紅十字會。紅十字會作為中國最大的慈善機構，是中國慈善業的視窗，談到紅會，就不得不談一談中國的慈善業。

儘管中國大陸慈善業起步很晚，但近幾年發展迅速。以 2009 年汶川地震為例，截至 2009 年 11 月，全國共收到民間捐贈資金 652.5 億元人民幣，2010 年玉樹地震也收到上百億捐贈，加上諸如希望工程、體育、明星的各類捐贈，中國慈善業已經成為一股不可忽視的社會力量。

捐款等於沒捐

慈善一詞在希臘語中意為「人類博愛行為」，在古代中國常用「仁義」來表示對弱勢群體的幫助。現代社會這種博愛的仁義行為一般體現在兩個層面：一是國家制度層面保障公民基本生活需求的社會保障制度，二是社會服務層面的職業化、專業化的慈善工作。相比以往的零星救濟，「權利性」取代了「施捨性」、「制度化」代替了「隨意性」。

救災、保證災後災民的基本生活是政府的基本職責，而民間的捐款只是在政府職能基礎之上的補充，使災民能得到雙份的救濟，因為在嚴酷的災害面前，無論是政府救濟還是民間救援，相比於災害帶來的損失都只是一個零頭，災民失去的比得到的要多很多。然而在中國卻出現了「民眾捐款等於沒捐」的怪異現象。

據大陸官方稱，2008年「5‧12」四川地震捐款，政府直接受捐379億元，約占58％，流向各地紅十字會、慈善會以及地方公募基金會的捐款199億元，約占31％。但後來中共把慈善組織募集的捐款大多收繳了，使捐款「80％流向了政府」。

按國家規定，災情發生後，各個地方政府要拿出1％的財政收入給災區。然而汶川地震等災情發生後，民間捐款先進政府財政，然後再到災區，這樣本來應該是政府對口援建一份，民間再捐贈一份，災區人民應該得到兩份，可實際上災區只得到一份，因為在政府撥款的1％裡面，一半以上來自民間捐款，這等於是民眾白捐了，災民並沒有得到，只是讓政府少出了錢，讓政府逃脫了應有的責任。

民間捐款進了政府的口袋

民間巨額捐款的八成進了中共中央財政，人們有權詢問捐款到底用在了哪裡，中共給的答案卻是三個「不知道」。第一，捐款人不知道誰是受惠人。據清華大學調查，知道捐款用在哪裡的捐款人僅占4.7％，而《新京報》對千名捐款人調查發現，知道捐款用在什麼地方的只占0.61％；第二，災民不知道哪些是政府項目，哪些是民間善款；第三，連災區政府也不知道捐款在哪裡。

這一連串的不透明,為滋生腐敗提供了溫床。

　　青海玉樹地震後,中共民政部明確提出,慈善機構所募集的善款,交由青海省統籌安排使用。政府「統繳」民間捐款的作法,其實在中國已經實行很久。民間捐款進了中共的口袋,這無形中等於取締了民間捐款。國外媒體報導說,一些蹣跚起步的中國慈善從業者再次表示絕望,高呼「中國慈善死了」。

讓慈善回歸民間

　　目前中國有權募捐的機構有公募基金會、慈善總會和地方的慈善會以及紅十字會。2008 年底,大陸非公募基金會已經有 640 多家,估計 2009 年可能超過千家。按照國外經驗,民間慈善機構是政府職能部門的有效補充,特別是相對於低效率的大陸各級政府,民間救援團體的高效率,是人們有目共睹的。

　　據 2008 年民政部統計,中國非營利組織和從業人員,兩者在服務業的比例都只有 0.3％左右,比全球 10％的平均水準低了30 倍。在西方,慈善機構平時總能得到政府的資助,養活相關人員,災害發生了,政府還會撥款給相關組織,讓這些慈善人員立刻奔赴第一線幫助災民,而中國正相反,是紅十字會把錢給中共政府,讓各級政府公務員去具體救助,這等於失去了慈善機構的作用。

巴菲特蓋茲力促富豪簽屬捐贈誓言

　　據《華爾街日報》報導,2011 年 8 月 4 日,美國企業家巴菲

特和微軟創始人比爾‧蓋茲宣布，美國最富有的 40 個家庭和個人已簽署「捐贈誓言」，承諾在有生之年或去世後捐出至少一半財富用作慈善。兩人計畫動員美國最富有的 400 人簽署捐贈誓言。巴菲特表示，對於拒絕者他會鍥而不捨，持續施壓，他遊說的對象還包括中國和印度等國的富豪。當時美國億萬富豪全球排行第一，有 403 個，中國名列第二。

　　美國是慈善業最發達的國家，每年慈善公益捐助達 6700 多億美元，占 GDP 的 9％，其中 70％以上的捐款來自於成千上萬普通公眾每月幾美元、幾十美元的小額捐款。美國政府採用「一疏二堵」的方式促進慈善業的發展：一疏指國家給捐贈者免稅優待，二堵是徵收高額的遺產稅和贈與稅。目前在香港，慈善機構也已成為特區政府、市場以外第三股維持社會安定的強大力量，慈善捐款可免稅最高至 25％，未來還可有望增至 35％。這些都像鏡子一樣照出今日中國慈善業的病態，也為救援大陸慈善業提供了參照。

第四節

郭美美與「盧美美」的拚爹

2011年6月，就在郭美美聲稱是商業紅十字會總經理的同時，微博上曝出的類似郭美美的盧星宇「盧美美事件」。盧美美父親盧俊卿所在的世界傑出華商協會（世華會）連遭大陸媒體炮轟，被指「非法組織」。

連同郭美美事件，中國三大慈善機構：紅十字基金會、青少年發展基金會與宋慶齡基金會，如今無一不陷入醜聞，黑幕正一個個被揭開，所謂「慈善」是否都是「雙面」，藉公益撈錢，辦企業賺錢，而致「捐助對象」不顧？

不是公眾與「美美」們過不去，正如網友所說，人最大的憤怒莫過於良善之心遭遇欺騙，最大的失望莫過於敬仰之心轟然坍塌。這些靠「慈善事業」暴富起來的億萬富翁，不斷敲擊著民眾本已脆弱的神經，實在是善心「傷不起」！

陸媒連發「重炮」轟擊世華會

　　事情源於 2011 年 8 月 16 日，有媒體報導北京多所農民工子弟學校遭拆遷，涉及三萬學生，令網友關注和痛心，同時卻發現遠在萬里之外的非洲，一個慈善項目正在進行：「中非希望工程」將在 10 年內耗巨資為非洲捐建 1000 所希望小學，並由一個 85 後姑娘負責？人們質疑：又遇到一個「郭美美」？

　　24 歲的盧星宇，因「年輕美貌及有為」吸引越來越多的網友「圍觀」，得名「盧美美」。網友咋舌，盧美美在微博中自稱「中非希望工程執行主席兼祕書長」，「管理 20 億元項目資金」，並是全球華商未來領袖俱樂部祕書長。

　　經網友人肉搜索，發現中非希望工程的後台是盧星宇的父親——世華會主席盧俊卿。大陸媒體跟蹤挖掘，揭出世華會的八大謊言、七大獲利方式：主要靠會員費和贊助費吸金，全部都是「空手套白狼」，以幫助企業與政要和業界聯繫為誘餌，以「慈善」掩護「圈錢」。

　　2011 年 9 月 7 日，《南方都市報》再以八個版面大篇幅刊登《雙面「王朝」調查》；並撰寫社論《讓偽慈善退場，才有真慈善到來》，同時發表聲明，反擊世華會有關指責《南都》的「失實報導」。

　　9 月 8 日，中共官媒新華社報導國僑辦稱：我辦從未收到任何有關「世華會」涉僑活動的報批申請。而根據國家規定，未經登記，擅自以社團名義進行活動的屬非法民間組織，應予以取締並沒收非法財產。「民政部全國性社會組織查詢系統」中也沒有任何關於「世界傑出華商協會」的登記信息。

報導稱，按國家規定，公募基金會的工資福利和行政支出不超過當年總支出的 10％。而中非希望工程和中國青少年發展基金會（青基會）收取了捐贈基金 10％。但是，總支出不等於捐贈基金，「青基會偷換概念，涉嫌非法套取管理費用」，中央民族大學行政法學教授張步峰說。

從 2011 年 8 月 22 日的「世華會 1 號公告」到 9 月 7 日，半個月內盧俊卿已連發了 11 個公告，包括律師團的《法律聲明》、給《南方都市報》的律師函等，甚至懸賞百萬為追查「幕後黑手」，不過「盧美美事件」是越「辯白」越黑。

「空殼公司」和「雙面王朝」

《南都》記者調查發現，世華會及其「授權服務機構」的天九儒商系公司，法人代表都是盧俊卿，所有的員工都是雙面身分。世華會一天九系通過輾轉騰挪的手段，將觸角伸向數目龐大的中國中小企業和商家，與中共官員巨賈開會、簽名、合影，甚至打一場乒乓球，都是明碼標價。

「天九儒商」支持「世華會」與青基會共同開展「中非希望工程」活動，並承諾自 2011 年至 2020 年，每年向青基會捐款人民幣 1000 萬元，用於非洲各國實施希望工程項目。

可是，最早註冊在香港的世華會及其賴以「寄生」的世界傑出華商協會有限公司，在香港都查詢不到一間辦公室和一個工作人員，它們完全是由仲介公司「造」出來的空殼公司，後來成為世華會「雙面王朝」的基座。

盧俊卿在香港註冊了 18 家公司，均由一家仲介公司「中通

匯國際商務顧問有限公司」代為註冊。在這些公司，盧俊卿的身分證號碼和護照號有明顯出入，他在 1995 年 7 月、1995 年 11 月、1996 年 9 月、1999 年 10 月四次分別用四川廣元人袁斌的身分證號碼辦護照，護照姓名為盧俊卿，但身分證號碼卻是袁斌。

典型的「會議經濟」及「斂財協會」

有多位知情人士向《新京報》爆料，世華會有一個龐大的電話銷售團隊，約有 800 至 900 人，每月電話費就過百萬。他們通過吸收國內企業家入會成為會員賺錢，談成一個入會會員銷售人員有 2% 至 3% 的提成。

也有世華會員工說，盧俊卿在「中非希望工程基金」成立前，幾乎沒做過生意，資金全部是通過騙中小企業得來的。盧俊卿成立一大堆所謂「世界傑出華商協會」、「華商 500 強俱樂部」、「全球華商未來領袖俱樂部」等公司，然後拉退休的大人物擔任總主席、名譽主席、顧問等，再騙中小企業加入，收取會費，或者以這些機構的名義組織會議、論壇，為中小老闆提供認識大人物的機會，向中小老闆收取會議費。典型的「會議經濟」。

在世華會官方網站上羅列著 100 多名顧問和高官的名字。有企業家稱，有了這些退休高官掛名，想巴結權貴者便趨之若鶩，現時會員已有 5 萬，理事的最低會費每年約 4.5 萬元，終身會員 19 萬。

2011 年 8 月 18 日，盧俊卿面對媒體和網友的諸多質疑，表示世華會分文不收，為企業服務、在中非希望工程純屬「負腐敗」，倒貼幾百萬……。實情果真如此？在 2011 年 8 月舉辦的

財富領袖論壇上，2010 年一個活動貴賓席，盧俊卿收 8.8 萬元，一年後漲到了 12.8 萬元。按此計算世華會年收入近 23 億元。

打仗親兄弟 上陣父女兵

據悉，盧俊卿的世華會—天九系的另兩個核心人物，盧呂忠是盧俊卿的親弟弟，為掩人耳目，2010 年才改名叫李忠和；盧呂貴是堂弟，幾年來都宣稱自己叫呂貴。盧俊卿的妻子李海寧沒有擔任具體職位，但她是天九儒商的大股東。天九系幾個核心公司的大股東都是李海寧。

祖籍四川的盧俊卿原是當地中共幹部，90 年代下海經商，他自稱畢業於美國普萊斯頓大學（Preston University, USA）（注意，不是普林斯頓），被網友指為「老牌野雞大學」。2005 年起，才先後成立「世界傑出華商協會」、「華商 500 強俱樂部」等招攬富豪入會，幾年下來，身價暴漲。錢如何賺來的，外人不得而知。

中國三大公益基金會連爆醜聞

郭美美引爆紅十字醜聞後，大陸多個慈善團體接連爆發醜聞，特別中國三大公益基金會：紅十字基金會、青少年發展基金會與宋慶齡基金會，醜聞情節一次比一次嚴重，讓民眾對慈善團體的信心一落千丈，直呼「傷不起」。

2011 年 9 月 7 日，大陸媒體爆料，上海 2010 年發生的「11 · 15」靜安火災，社會各界共捐款 4480 萬元，如今只有約 420 萬元發放到受害人手中，另有 4000 多萬元去向不明。目前，21 名

受害人作為維權代表已委託律師追查善款去向，並要求當局將善款使用真相公布於眾。

9月2日，籌款金額連續3年全國第一的省級慈善組織、河南宋慶齡基金會2010年末資產已近30億元，被曝光公益事業支出在2010及2009年只是1.4億元和8000萬元，離規定金額相去甚遠。錢哪裡去了？原來該基金會一直在放貸，公益項目五分之四變身豪宅⋯⋯

8月下旬，網路盛傳一份有官方背景的「內蒙古公益事業聯合會」發出的「紅頭文件」，聲稱為殘疾人士及義工向歌星張學友呼和浩特演唱會豪取270張門票，文件上頭並不避諱地列出部分官員及名人的名字，「望給予照顧」，有網友懷疑最終有多少殘疾人受惠，質疑官方打著服務弱勢群體名義替自己謀福利。

中國三大基金會接連曝出醜聞，令大陸民眾心寒。湖南株洲網友評論到：曝光出的只是冰山一角，中國慈善機構都是一些披著慈善外衣的餓狼。安徽阜陽網友的話頗有代表性：「我不再相信中國的慈善機構！」

世華會：第七屆未募到一分錢

中國慈善機構陷入舉國非議之中，致使捐款大減。2011年8月18日，「第七屆傑出華商大會財富領袖論壇暨世界傑出華商協會六周年慶典」召開，此次大會上，盧俊卿為「中非希望工程」進行了兩輪勸募，卻沒有募到一分錢。盧稱，這是由於「盧美美事件」所致。

按往年慣例，世華會名譽主席、傑出華商大會主席、10屆中

共全國人大常委會副委員長何魯麗都會出席這一大會。世華會會員張劍（化名）說，何魯麗並未出席。第二天，盧俊卿也沒有繼續參加華商大會，他在北京會議中心和女兒盧星宇一起面對媒體對「中非希望工程」的質疑。這些不斷的輿論發酵使世華會的安排被打亂。

「現在很多人都想聯合去索要會費，即便不是『盧美美』的事情，會員也會去告發他的。」張劍告訴《法治周末》記者，前幾天有很多人曾打電話，聯繫各地的會員一起去協會索要會費。張劍透露，8月20日，世華會主辦的部長將軍乒乓球聯誼賽也臨時取消了。

網友：「郭美美代言？不玩了！」

2011年9月2日，郭美美在微博上透露，已錄製完某大型網遊主題曲，並將代言某遊戲，聲稱「要回報社會」，引起網民跟帖熱議：「無條件抵制此人代言的任何產品，維繫一個有底線的社會」；「這個網遊，誰玩我和誰絕交」。網上大量玩家宣布抵制郭代言的遊戲和公司，多家遊戲公司從業人員也趕緊在微博上澄清與本公司產品無關。正當大家避之不及，卻有玩家爆出，蝸牛公司總裁石海預祝郭美美「追夢成功」。

「郭美美代言《九陰真經》？不玩了！」眾多玩家發表微博信息給蝸牛總裁石海表示抵制。「打死也不會請郭美美代言九陰真經」石海9月3日笑稱蝸牛絕無請郭美美代言九陰真經。所謂預祝追夢成功，也屬微博自動刪節造成網友誤讀。石海還通過微博發表觀點，只要吸引眼球，網遊圈敢請本拉登他妹。直言這些

行為只會更被反感。

　　不過，微博曝出的這兩個美女或有兩種命運。郭美美6月在微博上自稱「中國紅十字會商業總經理」，牽扯到中國頭號「慈善」機構紅十字會醜聞，曝出的「王軍」是她的「男朋友」還是「爹」？至今她的炫富背景仍然是謎。而盧美美自稱「中非希望工程執行主席兼祕書長」，牽扯青基會而曝光不過月餘，父親盧俊卿的世華會就被官媒指「非法組織」。如今中國世道被指「拚爹拚後台」，就看哪個爹哪個後台硬了。

第三章

紅十字會的醜聞

郭美美的炫富舉措令中國紅十字會陷入醜聞漩渦，遭遇前所未有的信任危機：運作不透明、善款流向、使用情況……。即使郭已被抓並被判刑，中國紅會的斂財、腐敗、貪污之名仍揮之不去。

郭美美炫富讓人看清紅會的黑暗，讓紅會名譽掃地的是紅會自己。
（AFP）

第一節

為何要感謝郭美美

郭美美不經意間用自己的聲名，
開啓了中國慈善的驚天醜聞。
（AFP）

郭美美與紅十字會的糾葛歷程

　　早在 2011 年 6 月 28 日，中國紅十字會總會向新華社記者表示，中國紅十字會總會已以郭美美虛構事實、擾亂公共秩序為由向公安機關報案。公安機關已經立案。不過直到 2014 年 7 月，整整 3 年後，郭美美才因為賭博被抓，而紅十字會的醜聞依然不斷。

　　2011 年 7 月，紅十字總會邀請審計署工作組進駐商業系統紅十字會進行審計，並已商請中國商業聯合會組成聯合調查組開展相關調查工作。2011 年 12 月，中國紅會公布了由中共監察部、中國社科院社會學研究所、北京劉安元律師事務所、中國商業聯合會、中國紅十字會總會相關人員組成的聯合調查組的調查結

論，宣稱認為「郭美美」及其炫耀的財富與紅十字會無關，但商業系統紅十字會的管理存在問題。

2013 年 4 月，儘管時隔 2 年，但郭美美事件仍讓公眾對中國紅十字會難以重建信任。中國紅會社會監督委員會新聞發言人王永表示，將於 5 月中下旬重新調查郭美美事件。但隨後中國紅十字會祕書長王汝鵬否認中國紅十字會將重新調查本事件，王永也表示，重查郭美美事件目前僅僅是提議，並未形成正式決定。

2013 年 9 月，中共民政部《2012 年度中國慈善捐助報告》顯示，2012 年，中國社會捐贈總量（含中國接收國內外社會各界的款物捐贈）共計約 817 億元，相當於人均捐款約 60.4 元，與 2011 年度相比，全國接收捐贈額減少 28 億元。全國各級紅十字會系統接收社會捐贈 21.88 億元，與 2011 年相比下降了 6.79 億元，同比下降 23.67%。

有人說是郭美美毀了紅十字會，但更多人認為是紅十字會自己的問題。2011 年 7 月 10 日，羽戈在博客上發文稱，「為什麼要感謝郭美美？」文章這樣寫道，「此文作於 7 月 6 日。後一天，郭美美發了一條新浪微博，其內容為：『某一瞬間，你曾經有過哪些念頭？突然想哭；突然想吃雪糕；突然想到某個地方去：突然想喝醉：突然想一個人；突然想睡一覺；突然想死；突然想大喊；突然想離家出走；突然想失憶。』」

為什麼要感謝郭美美？

該文寫道，「2011 年已經過去了半年。如果讓我評選這半年來最牛的話語，我會投票給何兵教授，他對中國政法大學法

學院畢業生所說的那番話，呈現了這個荒誕時代最深刻的本質；如果讓我評選這半年來最具中國特色的人物，我會在藥家鑫與王功權的名字之上猶疑十秒鐘，然後決然把票投給原名郭美玲的郭美美。

1991年出生的湖南女孩郭美美，這20年來所走的路，與許多一頭扎進了虛無縹緲的明星夢而無法自拔的美少女並無差異。她參加歌唱比賽，做過平面模特、形象代言，在影視劇裡跑過龍套。僅憑這些貧乏的經歷，她的知名度，恐怕還不及如今之萬一；更別提住大別墅，開瑪莎拉蒂，吃oslim90，挎愛馬仕，而且有十幾個之多——她能在20歲的年紀實現大多人畢其一生都不可及的輝煌，自然是不走尋常路的結果。」

「你認為是邪路，她認為是捷徑。你願意坐在自行車上笑，她願意坐在寶馬車裡哭。郭美美哭了嗎？至少在炫富悲劇發生之前，她一直在笑，志得意滿，快樂無極限。不要高估快樂的意義，快樂就是那麼簡單，快樂就是物質，就是虛榮，就是千嬌百媚換來的一個響指，就是用高科技殺死時光的摧殘。重新組裝的郭美美之肉身，是這種快樂的唯一載體。只是消費其身體的那雙黑手，至今還是一個謎。這個謎何時公之於眾，公眾對郭美美的發掘就何時停止。

郭美美最大的悲劇，在於闖入了一個她也許並不怎麼知情的巨大陰謀。換作劉美美，她的打包消費者是房地產大鱷；王美美，她的打包消費者是著名文化商人……那麼悲劇是否還能成其為悲劇，其成色是否依然深不可測？富有不是罪惡，炫富令人生厭，卻也不是罪惡，問題是，你的財產從何而來。當人間世的善心，化作腐敗者的惡行，當我們一分一毫辛苦捐出的善款，化作郭美

美們的瑪莎拉蒂和愛馬仕，當我們對慈善的激情與虔敬，化作慈善機構用來取悅美人的名號，郭美美的悲劇，就被迫捆綁於更大的悲劇之上。她是施害者，也是受害者，她是綁匪，也是刀俎之上的肉票。

這不是要為郭美美辯護，惟願指出一點殘酷的事實。郭美美就像一座礦，被投資者與公眾一同發掘，雙方各盡所能，各取所需，當他們找到了志在必得的礦藏，此礦的存在便喪失了意義。你未唱罷我就要登場的公共空間，中國紅十字會出面闢謠，被懷疑與郭美美有染的諸公司出面闢謠，闢謠隨即被公眾反擊，質疑依舊如潮湧至，卻有一個聲音無奈缺席。醜聞爆發至今，近20日，郭美美只是在被媒體圍追堵截之時說了一句『你們不要這麼搞笑』，便再無幾許聲息。她本來是最不該沉默的那個人。是她不願開口，還是被迫不能開口呢——誰封住了她的嘴巴？郭美美可恨、可惡的背後，正有可憐、可悲的一面。」

「憎恨也好，同情也罷，無論是何態度，都無法掩蓋郭美美作為開瓶器的功用，她於不經意間，用自己的聲名，開啟了中國慈善塵封多年的驚天醜聞，挖開了官辦慈善呈魚爛之狀的五臟六腑。也許你早已曉得，慈善這瓶酒，曾被污水稀釋，曾被鼠輩偷喝，甚至連其商標都被作惡者偷梁換柱，但是還有一些人猶在夢中，或者甘願做騙子身邊的傻瓜，還有一些累累惡跡，迫於莫名的壓力，無法曝光於皇皇天日之下。郭美美激起的情色加政治的連環醜聞，以一種激烈而尖銳的方式，將慈善之瓶打開，乃至將瓶子打碎了，那一地髒水，像被污染的眼淚，像摻入了三聚氰胺的牛奶。假如不是郭美美，慈善之核的重大爆裂，也許還要等一段時間，抑或三五年。

　　郭美美代表了一種中國特色的反擊罪惡的鬥爭形式：身為作惡者的幫凶、傀儡與玩物，最終卻成為摧毀作惡者的利器。郭美美的同志，包括爭風吃醋的腐敗者之二奶、情婦，冷落成泥碾作塵的腐敗者之夫人，為非作歹的腐敗者之家人等。這其中，尤以情婦反擊戰最為硝煙彌散。由此生出一個十分形象的說法，叫『情婦起義』。我們不能一言論定，這種現象到底是好、是壞、是善、是惡，因為人世間諸多事宜，不能以好壞善惡論之。在此，我們只須認識到一點：中國之惡，無處不在，已經到了滿盈的狀態，已經到了擦槍即走火的臨界點，隨時都可能崩盤、爆破。至於爆破手為何，是十月圍城還是禍起蕭牆，是有心栽花還是無心插柳，其實不太重要。最重要的是，有人扮演了那爆破手的角色。

　　我們感謝郭美美，自然不是感謝她的惡行，而是感謝她作為那一顆石子：切斯拉夫・米沃什說，雪崩的形成，有賴於滾落的石子翻了個身。中國歷來不缺雪崩，獨缺石子。」

第二節

誰讓紅會名譽掃地

紅會「三伏天送棉被」醜劇

俗話說，身正不怕影子斜。很多民眾表示，假如紅十字會行得正，出一萬個郭美美也損害不了紅會的名譽，郭美美只是幫助人們進一步看清了紅會的黑暗，讓紅會名譽掃地的是紅會自己。

時政評論作者顏丹在《「三伏天送棉被」紅會的醜劇何時休？》一文中，舉了一個例子，從中人們看到紅十字會是如何救災的，關鍵他們是如何狡辯的，讀後讓人感慨不已。文章這樣寫道：

2014 年 7 月，醜聞不斷的中國紅十字會在接二連三的鬧劇中還未來得及喘口氣，如今卻又被爆出令人大跌眼鏡的荒謬事件。由於受到颱風的侵襲，海南、廣東、廣西三省已經處在 8 人死亡，幾十萬人受災的惡劣狀況之中。一旦遭遇自然災害，人們首先想到的便是緊急救援、向災區輸送物資。而中國紅會此次改變了以

往低效拖延的處理方式，救災應急的反應速度被輿論一致認為是「迅雷之勢」。19 日災害發生，20 日紅十字會總部便緊急調撥了存儲在廣州備災中心的 2000 床棉被，迅速運往災區。

　　原本此次行動應該算是紅會竭力翻轉「黑會」形象的一次「重磅出擊」，然而令人無語的是，如今正值三伏酷暑，海南、廣東、廣西的各個受災市縣均處在 35 攝氏度左右的高溫天氣中。暑熱難當，飢渴難耐，災民們收到的第一批救災物資居然是寒冬臘月才能派上用場的厚棉被。面對三伏天讓災民蓋棉被的尷尬局面，廣東省紅十字會的有關人員解釋稱，救災物資的需求是由災區工作人員層層上報的。也就是說，捐贈棉被是源於當地民眾所需。但一些重災區的官員卻有著截然不同的回應，他們表示因水電中斷，災區現在急需供水；安置點裡的群眾需要涼席、毛巾被，但棉被是肯定用不上的。而對此，紅十字會總部的最終辯解則更加雷人，他們宣稱海南、廣東等地的一些受災山區、丘陵地區早晚溫差大、濕氣過重，被褥又能墊、又能蓋，「絕對不是拍腦袋一想就決定的」。

　　「三伏天送棉被」已經算世間少有了，不想紅會領導的詭辯之詞竟更加令人匪夷所思、倍感荒謬。一些海南本土居民在網上留言稱，在海南任何一處，從海邊到山上，夏天沒有蓋棉被的。冬天一般蓋薄被或者毛毯，也不蓋棉被。至於墊，海南空氣潮濕，棉被墊地上幾個小時就濕透，這種易吸水的物品在海南根本沒有生存餘地。按照此理，廣東、廣西也並無二般。由此，當地居民的現身說法不僅突顯出紅會領導那個「絕對不是拍腦袋一想就決定的」舉措是多麼無知和可笑，更讓無數的民眾看到，這個一直以救災救難的慈善面目示人的救助機構，其背後卻隱藏著一張唯

利是圖、虛偽奸詐的醜惡嘴臉。

相比紅會這番緊急資助更酷似快速處理庫存的舉動，當地民政部門的做法可謂是聰明了許多。在廣東省民政廳的救災清單上，除了寫有意在與紅會保持一致的 1000 床棉被之外，還羅列著其他一些尚可應災民之所急的物資，比如 1000 頂帳篷、2000 張折疊床、2000 張毛巾被、2000 套衣服。由此可見，即便捐贈棉被在某種程度上合乎情理，但也不應被視作唯一的、首當其衝的方式應用於處在三伏酷暑的受災地區。更何況，無論是按照救災的常理、以往的經驗，還是顧及當地始終在呼籲「災區此刻迫切需要的是涼席、飲用水、糧食、急救防疫藥品」的強烈需求，棉被都不應該被當作是救災搶險的首選物資、並於第一時間到達受災現場。

如果真如紅會領導所言，此番舉措並非是一拍腦袋隨意而為，或許我們盡可退而求此次，不問責其敷衍、怠慢、考慮不周的工作態度。然而，假如這樣的荒謬之舉實在是出於深思熟慮、長遠考量，那麼我們就不得不質疑，如此頗有盤算的知名機構，為何在當務之急卻辦了一件點子低、能力差、做不如不做的自取其辱之事？或許答案只有一個，正如網上一語道破天機的留言者所提到的那樣，不願投入經費採買真正所需物資的紅會，在得知倉庫裡還積壓著早已過期、卻一直無法利用的劣質棉被、夾克，於是計上心頭，決定將此等偽劣物資扔向災區。一方面，可在樂善好施的「功德簿」上又自添一筆，另一方面在挪用公款的黑帳上也能填上適當的出處。如此，一石二鳥，名利雙收，足以！至於幾十萬人受災，2000 床棉被的數量是否能滿足需求，三伏天的災區是否需要棉被、又或者真正所需的是什麼，便基本不在考量、

思慮的範圍之內了。

有意思的是，儘管紅會此次的如意算盤打得是如此響噹噹，然而千算萬算之下終究百密一疏，結果仍是招來罵聲一片。因為一向高高在上、自以為是的他們從未想過，一身偽飾的「畫皮」在過往的醜惡行徑中早已被完全撕開，腐敗、潰爛的皮下之肉早已暴露在眾目睽睽之下，只能讓人唾棄、鄙夷而已。如果紅會能從 2008 年汶川地震 43 億的捐款一度降至 2013 年蘆山地震 1.3 億的現實中頓悟民心已然痛失，如果能從郭美美系列事件的反饋中認識到自身臭名遠揚的態勢已無法逆轉，或許今天這齣迫不及待、愚不可及的醜劇便不會這般不合時宜的上演。然而，只看重利益、並不看重臉面的紅會，或許早已是「死豬不怕開水燙」，只要斂財成功，即便揹負一世罵名，也是在所不惜的。

各界評論與反思

關於「郭美美事件」，各界的反應如下：

中國政法大學教授王湧表示，「郭美美事件」以戲劇化的方式觸及了中國慈善組織的公信力問題，其根源在於慈善業的國家壟斷與信息不透明。這兩者是中國慈善業的兩大毒瘤。也許「郭美美事件」只是一個前奏，高潮還在後頭。他強調，信任是慈善業的基礎，無信任則無慈善業，信任喪失，則慈善業敗落。

中歐陸家嘴國際金融研究院副院長劉勝軍認為，要徹底打消公眾的疑問，紅十字會必須毫無保留地還原真相；更重要的是打破紅十字的「壟斷慈善」，降低慈善組織的進入壁壘，允許更多競爭，以合理競爭來激勵公益組織從善。

他還說，在自由競爭的情況下，公益組織可以通過以下方法贏得捐款人的信任：第一，充分的信息披露，定期公布詳細的財務報告；《紅十字國際委員會年報》公布所有的捐款收入和花銷，小到每一個瑞士法郎都統計在內，而且可以在該委員會（ICRC）官網上查到。第二，接受權威的會計師事務所審計；第三，更科學、更有效地運用捐贈資金；第四，可監測的資金投向；第五，邀請具有社會公信力的知名人士加入理事會。這些愛惜自己羽毛的知名人士，是不能容忍不合規的操作的，即使改變不了局面也可以選擇辭職。

眼下，中國紅十字會遭遇的信任危機，正是來源於運作的不透明：捐款人在紅會官網上的捐款查詢系統只能查詢善款是否到帳，而沒有善款流向、使用情況；國家審計署每年只對紅會的政府撥款一項資金來源的收支進行審計，而不審計募集的善款和層層上繳的會費；中紅會不受《基金會管理條例》的約束，每年的財務收支情況、專案執行情況等，按照《中國紅十字會法》只需向理事會報告，而沒有向公眾公示的義務；雖然承諾「定期向社會公眾公布財務收支情況」，但紅會官網上的「統計資料公告」，至今也才披露到 2007 年。

壟斷的後果是可怕的，正如《南方周末》所警示的：「在中國，紅十字會已經異化為這樣一種組織——它與權力體系走得太近，又與商業世界結交甚歡。這幾乎讓人們忘了它作為民間組織的中立、獨立的人道主義初衷。」

清華大學公共管理學院教授王名說，公眾不必一味追究慈善資金的來源，而應更多關注公益慈善組織的制度轉型。

獨立學者秋風強調，慈善公益組織恢復公眾信任的唯一辦

法，就是從左右兩個方向劃清界線，釐定自己的角色：一方面，與行政部門劃清界線，真正獨立地運作。另一方面，抵制商業化的誘惑，決不捲入任何商業性活動。

上海律師劉培灼說，炫富本身也不是錯，只是，在當前社會結構兩極分化、貪腐之風盛行的情況下，炫富容易讓人們產生太多的猜測，而且，在很多情況下，這種猜測往往成為事實。他說，郭美美其實沒有什麼錯，購買奢侈品並不是違法行為，將自己的富有於微博上炫耀也只是個人的一個生活態度。結合微博這一新媒體其本身在信息互動上的作用，以及當下的網路現狀，這是很正常不過的事。打開 QQ 空間、各種博客，你會發現，女生們將自己的生活，自己所擁有的東西曬在網上，這樣的事已非常普遍。郭美美的特別在於，她所擁有的，是許多人目前無法擁有甚至可能永遠無法擁有的東西，有一個詞正是為了形容這樣的行為而產生——「炫富」。郭美美的錢從哪裡來？這正是大家關注的問題。她不是公務人員，當然不適用「巨額財產來源不明罪」。而炫富本身也不是錯，只是，在當前社會結構兩極分化、貪腐之風盛行的情況下，炫富容易讓人們產生太多的猜測，而且，在很多情況下，這種猜測往往成為事實。

「錯」分兩種，一種是法律之錯，需承擔法律責任；一種是道義之錯，需要承擔道義的責備與良心的遣責。從目前的信息來看，這樣兩種「錯」郭美美都算不上。她的所作所為，只是這個包括明暗規則的複雜社會裡非常普通的現象。因為機制的不透明，權錢交易的存在，財富通過不健康的管道進行分配，於是，在道德信仰普遍滑坡的情形下，她和她的微博成為一個照妖鏡，鏡子裡隱約地被人看到窮富兩極分化、貪腐、非營利機構不正當

行為……

再反觀「錯」的定義，從另一種意義上，它可以分為這樣兩種：一是別人認為的「錯」；另一種是自己認為的「錯」。當我們生存的這「個世界處處充斥法律與道義之錯，人們會寧願選擇尊重自己的內心。」

財新記者上官敦銘提到，現代公益之靈魂，在於運作透明；而公益的公共性，決定了其必須接受相關監管與監督。公益組織在善款使用上的任何舞弊行為，都應該採取「零容忍」的態度。

財新記者王婧說，中國紅十字會有 7 萬多個獲得充分授權並獨立管理捐贈財產的紅十字會基層組織，監管如何落實，尚未見有可操作的辦法出台。

第三節

趙白鴿免職
李源潮兼任名譽會長

沒能把黑會翻紅 「滅火隊長」去職

2014 年 9 月 2 日，曾被網友戲稱為郭美美事件「滅火隊長」的趙白鴿，在紅十字會負責 3 年後，突然被免去紅十字會黨組書記和常務副會長的職務。

據人民網 9 月 2 日報導，大陸紅十字會（紅會）總會召開幹部大會，宣布中共中央決定趙白鴿不再擔任該組織黨組書記、常務副會長職務，原職務由徐科接任。

趙白鴿 1952 年 8 月出生，曾為江西省萬安縣插隊知青，1981 年畢業於哈爾濱醫科大學，1988 年畢業於英國劍橋大學，獲博士學位。1999 年 1 月後歷任中共國家計生委黨組成員、科技司司長、國際合作司司長。2003 年 9 月任中共國家人口計生委副主任、黨組成員。2010 年 4 月任中共國家人口計生委黨組副書記、

副主任。2011 年 9 月任中國紅十字會黨組書記、常務副會長。

趙白鴿最後一次公開亮相是 2014 年 8 月 29 日以中國紅十字會常務副會長身分出席《改善戰地武裝部隊傷者病者境遇之日內瓦公約》（日內瓦第一公約）締結 150 周年研討會。9 月 1 日中國紅十字會官網發布的公告稱，3 年來，中國紅十字事業取得了豐碩的成果，這與趙白鴿的辛勤努力和扎實工作是離不開的。作為全國人大常委會委員、外事委員會副主任委員，紅十字會與紅新月會國際聯合會副主席，「趙白鴿同志將繼續參與國家外事和國際紅十字運動相關工作」。

公開資料顯示，接替趙白鴿的徐科，比趙白鴿小 4 歲，出身於醫學專業，起步於插隊知青，並長期在衛生計生系統工作，曾任中共國家衛計委副主任。

2011 年 9 月，時任中共國家人口計生委副主任的趙白鴿調任中國紅十字會常務副會長。在其任內，郭美美事件持續不斷地給紅會帶來前所未有的信任危機，於是網友戲稱趙白鴿為「滅火隊長」。

趙白鴿就職紅會之時，郭美美事件已發生 3 個月。趙到任紅會後頻頻接受媒體採訪，毫不諱言郭美美。2011 年 11 月 5 日，趙白鴿演講時主動提及「郭美美事件」，並宣稱「要深刻反思」，「我覺得紅十字會必須要進行改革」。

在 2011 年 12 月召開的中國紅十字會第九屆理事會第三次會議暨紅十字在行動報告會上，趙白鴿在接受《京華時報》記者採訪時表示，未來紅會要進行四個方面的改革，包括體制機制、人事制度、品牌管理、能力建設，其中能力建設包括公共關係能力、市場駕馭能力及和媒體打交道、和公民溝通的能力。

　　自 2011 年至今，紅會雖然進行了多項改革，如在全國清理整頓冠名醫院，建設全國聯網的「中國紅十字會綜合執行信息系統」、成立紅會社會監督委員會以加強協力廠商監督等，不過，收效甚微。

　　2013 年 4 月，中國紅十字會集中回應蘆山地震後有關紅會的多個質疑時，趙白鴿對現場數十家媒體表示，兩、三年內如仍然反轉不了「黑十字」的印象，她將自動請求辭職。

　　儘管趙白鴿始終在不同場合力挽紅會形象，但網友並不買帳。趙白鴿主政紅會的 3 年內，爭議始終不斷，也難以獲得外界理解。

　　2014 年 8 月 3 日雲南省魯甸地震後，中國紅十字會官微持續發布現場救援及呼籲捐贈等消息，而眾多網友以謾罵回應。當晚，中共公安機關公布的調查結果以及郭美美本人的供述稱：郭與中國紅十字會毫無關係。但微博上的輿論仍不乏質疑之聲。

　　在任期間，趙白鴿也多次宣稱，中國紅十字會熱烈歡迎社會監督。

　　面對趙白鴿的下台，有大陸網友調侃「郭美美被抓了，是不是舉報了什麼？」「這兩年，美美終於進去了，白鴿同志胖了」。甚至還有網友諷刺說，趙白鴿的「豐碩成果，包括郭美美不？」有人戲稱，趙白鴿因為郭美美事件而從計生委調到了紅十字會，等郭美美因賭博被抓後，趙白鴿也被免職了，莫非這兩個女人前世有緣，如此關聯？

傳中南海高層震怒 紅會趙白鴿下台

2013 年 7 月，網路盛傳中共高層震怒，紅會趙白鴿即將被免職的消息。中國紅十字會醜聞接連不斷，內部曝大量的利益鏈黑幕，整個社會對其的信譽度降到極低點，而紅會會長趙白鴿還自誇稱紅會是目前中國最規範的社會組織之一，令社會各界驚愕表示其不可理喻，也有認為她是「高級黑」，拐彎抹角罵中共，比紅會還要爛。

白鴿接管紅會無起色 接受非法獎項高層震怒

知名的媒體報料人，通過「周筱贇爆料絕對靠譜」欄目，推出一則消息說，內線披露猛料：紅會趙白鴿即將被免職！原計生委副主任趙白鴿 2011 年調任常務副會長後，紅會形象毫無起色，尤其 2014 年 4 月趙白鴿接受賣證書、賣牌子的品牌中國產業聯盟（係冒充社團的香港皮包公司）王永頒獎十大品牌女性，引發輿論抨擊，趙白鴿的事情導致中共高層震怒，決定讓其下台。並稱 3 個月內應驗。而王永的另一個身分是紅會社會監督委員會，原來還是社監委的發言人。

山東青島的「金魚公爵」表示，這樣睜眼說瞎話大王，主子也受不了啊！浙江的「濤之杳杳 2000」認為，其實從原來平調的單位就瞅得出這個紅會是神馬性質的，這是個國家開設騙錢、詐錢、搶錢、洗錢的黑檔口。

微博上很多人都持同樣態度：趙白鴿即將被免職是好消息，值得慶祝！也有表示舉國同慶。

白鴿稱紅會是最規範的社會組織 引發網路炮轟

2014 年 7 月 16 日,趙白鴿還通過媒體向外聲稱中國紅十字會是最規範的社會組織之一,應該很好地宣傳中國紅十字會云云,引起民眾極大不滿,再度遭到炮轟。

香港市民「隆裕太后」回應表示,郭美美不起訴,紅十字會永無翻身之日。紅十字會是不是最規範的社會組織,這要由社會來評價,黃婆賣白鴿,自誇白鴿白,誰會相信妳,趙會長連常識都不清楚?

深圳的「城南舊人」認為,趙老太這是「高級黑」啊!言下之意,中國紅會如此不堪,卻遠比某些組織要規範。

新浪的「陽光金沛」也反擊趙白鴿說:「是應很好地宣傳一下這個坑矇拐騙的齷齪組織!」

廈門的「Jasper581」認為,紅會都能被官媒評為最規範的社會組織之一,只能說明我們的天朝完全病入膏肓了。

《大河報》一女記者也諷刺,趙白鴿不是救紅會,她是在坑紅會。因為她總是不甘寂寞,不定期的將紅會拋向輿論的風口浪尖。

福建的「品雨聽風」認為,中國紅十字會臭名遠揚,不改制,靠強捐,迫捐,是沒有公信力的,會成為國際笑話!

新浪微博的「肖申克」也認為趙白鴿「高級黑」,他分析:「大家都知道紅會已經爛到臭氣沖天了,她居然還說紅會是中國最標準的組織,意思就是拐個彎子罵其他組織、甚至那個掌握宇宙真理的組織比紅會的臭氣沖天還要爛!」

山東濟南的一位民眾也認為趙白鴿會長是高級黑,這不明擺

著在說中國其他機構和組織已經腐敗透頂了嗎？

白鴿稱紅會有嚴密的監督體系 周筱贇反擊

趙白鴿強調紅會有國際法、國內法，及嚴密的監督體系等。趙曾宣稱紅會社會監督委員會是獨立協力廠商監督機構，和紅會沒有隸屬關係，經費由委員自籌。但媒體報料人周筱贇表示，現在可以證明這全是謊言。

周筱贇說，據潛伏在紅會和社監委的內線提供的信息，在紅會社監委 16 名委員中，目前被他及媒體揭露出來跟紅會有直接利益關聯者為 9 人。

最先被揭露的是紅會社監委原發言人、品牌中國產業聯盟祕書長王永，其給紅十字會常務副會長趙白鴿頒獎「十大傑出女性」，紅會還曾經作為主辦方參與過品牌中國搞的收錢發獎的「中國品牌節」。

另外還有北京師範大學公益研究所所長王振耀、零點研究諮詢集團董事長袁岳、北京市紅十字藍天救援隊隊長張勇、北大法學院非營利組織法研究中心主任金錦萍、而清華大學公共管理學院創新與社會責任研究中心主任鄧國勝、武警總醫院院長鄭靜晨、國浩律師事務所合夥人黃偉民、中華全國律師協會副會長呂紅兵等，都是紅會社監委委員中跟紅會利益相關聯者。

周筱贇認為社監委就是紅會花錢養的公關部，本質就是紅會自己挑選了幾個他們覺得靠得住、他們能掌控的人裝裝樣子的，根本不存在獨立監督的可能性。連相對的獨立監督都不可能。

李源潮兼任中國紅十字會名譽會長

面對紅十字會內部的種種亂象，2015 年 5 月 6 日，官方宣布，中共國家副主席李源潮兼任中國紅十字會名譽會長，打破 21 年來由中共國家主席兼任的慣例。紅會會長則由中共人大常委會副委員長陳竺就任。

中共建政以來，從中共一大到三大，紅會未設名譽會長，四大、五大名譽會長也只是前任會長或社會知名人士。但到 1994 年，中共前黨魁江澤民開始兼任名譽會長，開始了紅會名譽會長由中共國家主席擔任。

近年來，中國紅會醜聞一直不斷。2008 年，四川汶川發生大地震，致使數萬人死亡。當時，各界人士向災區捐獻大量錢款，其中包括 100 多名藝術家義拍 8400 多萬元定向捐給青城山市，但中國紅會後來承認該款項被挪用到別處。

2011 年 6 月，郭美美以中國紅會商業總經理的身分在微博炫富稱：住大別墅，開瑪莎拉蒂、蘭博基尼，和母親擁有十數個愛馬仕包等。立即引起軒然大波。公眾質疑中國紅會所獲善款流向。儘管中國紅會官員聲稱「郭美美與紅十字總會無關」，但中國紅會已聲譽掃地，信任全盤崩塌，獲捐款項一落千丈。

2013 年「4．21」雅安地震，中國紅會在震後第一時間在微博呼籲捐款，不到兩天裡，該微博得到了 14 多萬個「滾」字的回帖。

2013 年 12 月，陝西漢中紅會辦公室原副主任張琪被指「涉嫌挪用 1000 萬元公款」，於取保期間，在家自殺身亡。

第三章 紅十字會的醜聞

郭美美案的中南海絞殺

第四章

天災中的人禍

每當天災降臨中國時，種種人禍即一一隨之而來：巨額捐款去向不明、官員偷藏救災物資、「豆腐渣」教學樓、趁機拘捕異議人士、中南海權力內鬥阻擋救災……，一場場天災就如同一面面照妖鏡，令中共埋下的人禍根瘤無所遁形。

2008 年 5 月 27 日，一名四川女孩在倒塌的川北中學旁祭拜 5 月 12 日在地震中死亡的姐姐。川北中學被質疑是「豆腐渣」校樓。（AFP）

第一節

賑災貪腐引發眾怒

紅十字會的主要職責之一就是救災。中國紅十字會是如何救災的呢？以下摘錄《新紀元》周刊 2008 年 6 月 5 日出刊（第 73 期）的一篇關於 2008 年四川汶川地震報導《賑災貪腐引發眾怒》：

地震後兩周，來自國內和海外的捐款已高達 50 億美元。然而一些「救災專用」的帳篷卻出現在富人的高檔別墅區；救災物資被貯存在與地方官員有密切關係的商店裡⋯⋯

四川汶川 8 級大地震發生之後的 18 天之後，中共政府宣布遇難人數超過 6 萬 8000 人，數萬人失蹤，傷者 37 萬。四川省政府在一次內部的會議上估計，該省在這次地震中 2 萬多家企業嚴重受損，直接經濟損失達到 2000 億人民幣。有專家估計，如果計算民間以及其他省份的經濟損失，這次大地震造成的經濟損失可能達到近萬億人民幣，相當於中國年度 GDP 的 8％。

然而，中國民眾最關注的焦點之一，是在救災過程中中共官

員的貪污腐敗，以及如何追究有關政府部門及官員對「豆腐渣學校」的責任。

失去孩子的家長集體抗議

　　四川強震區的綿竹、都江堰等地區的罹難學生家長集體作出控訴，指「豆腐渣」學校倒塌讓他們失去孩子。悲憤的家長們表達對政府的不信任，稱「已準備長期和政府作戰」，他們的悲慟怨憤不斷擴散，感染了川北及川西的父母們。

　　據《亞洲周刊》5月30日報導，綿竹市富新第二小學（舊稱五福小學）家長，在全國哀悼日第一天的2時28分，最先在學校廢墟搭建靈堂，並捧著孩子照片在門外靜坐。隨後都江堰的聚源中學和新建小學的數百家長於哀悼日第三天在校門外聚集，要求政府徹查學校倒塌的原因，揪出「豆腐渣」學校的官員和承建商。

　　綿竹漢旺鎮的東汽中學和其他倒塌學校的家長集體抗議。這種對中共政府的不信任正在不斷擴散。報導說，雖然多個市政府都已答應成立專家小組，調查真相，但一切難以平息失去小天使的家長的悲慟怨憤。

　　五福小學家長代表熊英每閉上眼睛，就看到女兒，一張臉溢出腦漿。「地震時，周圍的房子都沒倒下，我想女兒也沒事的，我是幼稚園老師，第一時間把孩子帶出校舍，我們沒任何傷亡。3點鐘我走到女兒學校，一看我就倒下了，怎會這樣？整個學校都塌了。」

　　《亞洲周刊》記者跟隨熊英回到災後的五福小學，沿途所見

盡是完好無缺的樓房，但再也找不到五福小學了。在一處四周團團圍著好樓房的中間，有一片零亂的瓦礫，這就是五福小學了。熊英回憶起當天在瓦礫堆中爬到女兒身旁，女兒仍叫著媽媽，3個小時後卻天人永隔了。

都江堰聚源中學，新教學樓 500 名學生中有 400 人死亡；綿竹五福小學 309 名學生 127 人死亡；漢旺鎮武都教育中心小學及幼稚園 700 名學生，有 300 多人死亡；都江堰新建小學 400 名學生 300 人死亡；都江堰 6 所學校全部倒塌，政府建築物卻屹立不倒。

根據官方數據，川西北在大地震中，倒塌了 6800 間教室，家長們提供的數字更是高達 8365 間。川北川西的「豆腐渣」學校疑雲，已成為災區普遍的問題，也正蔓延全省。喪失子女的父母之痛，都轉移到向政府追討上。政府面對的其實已非倒塌的 6800 個教學樓，而是成千上萬名悲憤的家長。

家長收集官員腐敗證據

據美聯社發自映秀鎮的報導，一輛中共警車被憤怒的人群掀翻，視頻畫面顯示出這輛警車的警燈仍然在閃爍。這是四川地震災民把他們的憤怒針對官員腐敗的最突出的一個例子。

在通常情況下，中共對持不同政見者和公民維權的公開表達，會予以迅速的壓制，但這次導致 8 萬多人死亡和失蹤、500多萬人無家可歸的四川大地震給人們提供了更大的公開表達憤怒和不滿的空間。

報導說，一些在倒塌的校舍中失去子女的家長，開始搜集瓦礫和混凝土灰塵，他們表示這些將被作為偽劣建築的證據。

有些死難學生家長仍然在學校的瓦礫上舉行抗議活動。一些市民團體還質疑抗震救災的物資和捐款的發放和使用是否透明。一些市民對一些「救災專用」的帳篷出現在一些富人的高檔別墅區表示質疑。

孩子死於豆腐渣教學樓 官員下跪家長不饒

5月25日，四川綿竹市委書記蔣國華向罹難的學生家長下跪，請求正在遊行抗議家長們不要告到高層當局。現場的127位罹難學童家長表示，儘管蔣國華向他們下跪，但他們不會停止遊行抗議，並要求與中共高層官員會面，調查在地震中倒塌的教學樓質量問題。

面對遊行的人群，綿竹市委書記蔣國華極力挽留家長，不要徒步前往德陽上告。當隊伍走到綿竹中心廣場處時，蔣國華突然跪倒在隊伍旁，揮著手請求家長們相信綿竹市委有能力調查校舍質量，會有交代。他多次下跪，但父母們並不理會。幾個小時後，警察與示威者發生衝突。

遊行的家長們還衝上去質問綿竹市教委主任朱岐，如果不是學校教室的建築質量如此之差，他們的孩子未必會喪命。

民眾不信任中共官員

中國民眾多年來對中共地方官員積聚起的不信任心態，認為地方官員腐敗和冷漠，只想在中國的經濟改革中撈一大把。

美聯社的報導評論說，儘管中共最高領導人胡錦濤和溫家寶

對這場中國有史以來罕見的自然災害，做出的反應贏得了讚譽，但是普通民眾對地方官員仍然不信任。

美聯社電視攝影隊拍攝到一次罕見的公眾憤怒情緒爆發的畫面。數百名德陽市民聚集在一個兒童服裝店外面，市民們懷疑一名官員在這裡藏匿了 10 箱地震救援物資。中共官方的新華社沒有報導德陽市民的抗議活動，但是新華網後來發表的一篇報導證實，一名涉嫌侵吞救災物資的德陽官員已經被警方刑事拘留。

和地震有關的腐敗貪污案件究竟有多少，無人得知。所謂中共紀律委員會（The discipline commission）針對來自美聯社電傳的相關問題詢問，並沒有做出任何回應。

秀水鎮一名 44 歲的農民俞均（Yu Jun，譯音）坐在帳棚旁說：「地方官員腐敗，他們在地震發生後幾天，都沒有來這裡探望我們，我們想找他們都找不到。」

隔幾條街，現年 50 歲的工廠工人趙（Zhao Shiming）看著倒塌的房子表示：「政府將不得不給我錢，讓我重建房子，但是我不相信地方官員，他們肯定將錢放入自己的口袋中，他們會把這些錢花在豪華宴會上，他們只關心自己。」

巨額捐款引發的貪污腐敗擔憂

「5‧12」四川地震後，捐款與救援物資從各地源源不斷湧入中國，在地震發生後兩個禮拜，來自國內和海外的捐款已經高達 347 億 9000 萬元人民幣（相當於 50 億美元），這個金額大的驚人。然而在中共腐敗的官僚體制下，多少捐款與救援物資被貪污了？一些民眾質疑捐款的透明度，他們想知道，為何

一些標著「救災專用」的帳棚會出現在那些幾乎不受地震影響的富裕家庭中。

法新社 29 日報導，這次地震，世界各地人士竭盡所能，慷慨解囊以幫助地震倖存者，但是隨後他們開始擔心，中共官員的貪污腐敗意味著，並不是所有的捐款和賑災物資，都會到達迫切需要的數百萬生還者手中。

一些賑災物資被轉做他用或捐款被詐領的有關報導開始出現。

中共統治下的中國，沒有新聞自由，司法也不獨立，由於經濟發展缺乏監督，上至政府各級官員，下至社會階層，到處充斥著貪污腐敗。

雖然大部分賑災捐款是通過非政府組織的中國紅十字會或其他政府組織，但是已經發現好幾起捐款被轉做他用的案例。

在德陽市，數名政府官員被發現將救災用的牛奶、餅乾和飲料，藏在他們親戚經營的商店內，這種行徑被發現後立即引發成千上萬民眾的憤怒，差點就造成暴動。

多起救災物資被誤用的案例已經引發網上論壇的強烈討伐，在Sohu.com 主持的論壇中，一名來自中國東北方的人士表示：「若貪污腐敗演變成普遍存在，那麼貪污腐敗的危險性將如同地震本身一樣。」

貪污救援物資引發抗議

《洛杉磯時報》29 日報導，雖然四川省德陽市羅江縣在這次「5‧12」地震中遭受相對少的損失，但是在地震發生後 9 天，

羅江縣卻感受到政治議題性的餘震,其中最大的餘震之一是:成千上萬居民聚集在當地的公眾廣場,他們要求地方官員針對救援物資被誤用這個問題做出解釋。

目擊證人稱,包括很多年輕學生在內的抗議群眾,用他們的拳頭和水瓶,跟警察進行打鬥。他們搗毀警車,甚至氣憤地將警車推倒。

一名 13 歲的楊姓學生參與其中,他說:「政府腐敗,每一個老百姓都應該起來抗議。」

北京理工大學經濟學教授胡星斗表示:「目前腐敗問題浮上檯面,官員和平民百姓之間的衝突日益增加。」

在多倫多大學教授政治學的助理教授翁(Lynette Ong)女士表示,她看不到中共政府在允許群眾抗議這個問題上做出明顯改變,她也看不到中國媒體針對社會議題和地方維權領袖做出較大篇幅的報導。她說:「根據種種跡象判斷,中央政府最重視的就是社會穩定。」

位於汶川西邊大約 50 英里的羅江縣在 5 月 21 日發生抗議活動,之所以引發抗議是因為民眾發現救災物資,如瓶裝水、速食麵和香腸被貯存在一家兒童服裝店裡,一些居民表示,她們相信這家店的店主和地方官員有密切關係。

綿竹黨官施暴引怒火

5 月 20 日,數萬綿陽人避難的五一廣場發生衝突。一頂被濫用的抗震救災專用帳篷因為遭質疑,帳篷主人囂張跋扈,動手打傷三人。其中一位 70 多歲的老婆婆被連搧耳光,引發眾怒。打

人者自稱是青川災民，肇事者的汽車經大陸網友人肉搜索發現，主人卻是綿竹團委書記范小華。

一位大陸網友在論壇上張貼文章，敘述了事情的經過。

「大地震後，數萬綿陽人居住在五一廣場避難，防止餘震。我們從開始到現在沒有接受到任何政府和地方組織的救援（除了光友粉絲給大家免費地發放了幾車速食品），我們所有的災民都是自發的，以自救的形式在這裡搭設臨時帳篷，每個人都很有序的生活在這裡，雖然我們受災較輕，但突如而來的地震還是讓大家陷入了災難和恐慌之中，不過，我們並沒有慌亂。」

可是，這種平衡被一頂帳篷所打亂了！

這只是一個抗震救災專用帳篷，上面還貼有醒目的四個大字！一個路過的 70 多歲的老婆婆，和路人說了一句：「為什麼這裡有這種帳篷。」馬上就從帳篷裡出來了幾個人對這個 70 多的老婆婆動手，先動手的是幾個飛揚跋扈的女人，採用的是耳光的方式，一連打了幾下後，有路人看不下去，勸了幾句；這次再動手的是男人了，採用的是磚頭的方式，那位路見不平的年輕人被打得滿臉是血。

幾個打人的人滿口粗話，異常囂張，口出狂語，甚至叫囂著見一個捅一個，又有一個路人看不下去了，一個 50 多的男人，這次是被帳篷裡出來的幾個人追著打罵。

終於，更多的目擊者和綿陽人站了出來。「這幾個人口口聲聲說自己是青川災民，卻開的是幾輛綿陽車牌的轎車，並威逼綿陽災民為其騰出空位，這個抗災專用帳篷裡鋪的是席夢思床墊，追打綿陽群眾的幾個人實在看不出有一點災民的模樣！」

此事件引起了眾怒，越來越多的綿陽人，聽說了假災民打傷

了老人，都群情激昂地聚在事發地，將帳篷和車子圍的裡三層、外三層。幾分鐘後，牽著幾隻警犬的特警趕了過來，同時還有配有荷槍實彈的防暴警察過來了。

他們的到來卻使情況升級，幾名警察與情緒激動的群眾發生言語衝突，警察乾脆很強勢的威脅一名群眾，「你信不信我隨時可以把你拷走？」警察不去尋找當事人，反而威脅民眾，由兩個特警拉住的警犬還連傷了三名圍觀群眾。在事發的三小時內，憑藉車牌警方還查不出當事人，無法給群眾一個交代。

終於憤怒的群眾將犯眾怒的當事人的車子砸了個底朝天。隨後，大陸的網友啟動人肉搜索，發現肇事者是綿竹團委書記范小華。

拘捕異議人士和法輪功

救災如救火。雖然中國面臨巨大天災，但中共並沒有放鬆監視控制。前南京師範大學教授郭泉因為發表文章批評中共當局處理四川地震的方式而被扣留 10 天，5 月 28 日獲釋。他是當時第一位已知因發表地震相關文章而被捕的人。

郭泉發表的文章批評中共有關當局忽視了 5 月 12 日大地震前出現的各種徵兆，並要求有關官員立即對地震後形成的堰塞湖做足防範潰堤的一切措施。他也質疑災區境內核設施的安全性。

不過，許多地方政府仍在加緊對異議人士的鎮壓。四川維權人士黃曉敏在地震發生之後準備去志願救災，卻被成都警方拘捕，重慶泛藍成員受到警方的傳訊，警告他們不得在近期活動，「包括賑災活動」。

而非法拘捕法輪功學員的行動同樣沒有停止。

貴州省貴陽市一位法輪功學員在海外網站發表文章稱，法輪功學員救助當地災民時遭受警方的鎮壓。公安警察沒收了已經交給受損民眾的錢財，並且公開表示收到了上級的命令——「法輪功學員捐助地震災民屬於『非法活動』，捐助資金和捐助者私人財物必須沒收歸市公安局所有。」

魏京生的質問

流亡美國的中國著名異議人士魏京生發表評論文章，對大地震中中共政府進行了連串發問。

「為什麼沒有及時派出軍隊協助救災？即使軍隊救災的技術水準不高，但也比沒有好得多吧。

為什麼不准許技術水準最好的國際援救隊伍進入中國？

難道災區成千上萬的生命，還不如黨國要掩蓋的家醜重要嗎？

到底有什麼家醜如此重要？竟然使得政府提前去進行了防震準備，但卻不准許老百姓提前有所準備？」

「政府或許可以用這樣那樣的理由替自己辯護。但是災前不預報，災難發生時又拖延搶救，甚至把各地救災的物資囤積倒賣，繼續盤剝災民。任憑災難中的百姓們衣食無著，甚至連水都喝不上，政府卻一邊發國難財，一邊在媒體上為自己歌功頌德。這種無恥的行徑，正在漸漸地引起災區人民、全國人民和全世界的憤怒。」

「在地震的第二天，就有海外人士提出停止奧運火炬傳遞，

以便向受難者們致哀。但中共連想都不用想，就宣布火炬仍然要喜氣洋洋的跑下去，而且計畫不變，仍然要從災區通過。

這是對死難者的侮辱；對成千上萬活著的災民的嘲弄。在我回答了澳洲廣播公司有關大災之中辦奧運是否合適的問題之後，海外輿論更加關注這個時間辦奧運會是否合理，越來越多的中外人士建議停止或部分停止奧運會和附加的各種喜慶活動。

中共當然也自知理虧。但仍想折衷，李代桃僵。想用三天哀悼降半旗來應付輿論的批評。而絕不打算為了人民的巨大傷痛和悲哀，損失他們在奧運會上可能撈到的好處。」

第二節

汶川地震中的救災決策失誤

　　中共的體制弊端不但讓外界質疑紅十字會的募款流向，同時，救災中的「頂層設計」、總體救災方案的設計和實施，更是黑霧一團。下面全文轉載《新紀元》周刊在 2008 年 9 月 11 日出刊（第 87 期）的一篇文章《溫家寶的眼淚與中共的鐵拳》。

　　從四川地震發生開始，整個龐大的中共官僚體系只見到溫家寶總理一人多次走訪災區。但面對中共體制的鐵拳政策，溫家寶流下的眼淚，可起多少作用？

　　2008 年 8 月 31 日，溫家寶總理第四次來到四川地震災區。

　　5 月 14 日溫家寶來到北川中學，在廢墟前待了很久，要求救援隊伍營救瓦礫下的近 1500 名師生；5 月 22 日溫家寶第二次來到正在清理場地、進行衛生防疫的北川中學，他沒有戴口罩，站在那裡為遇難的師生默哀；5 月 23 日溫家寶又來到位於綿陽的北川臨時學校，並在黑板上寫下「多難興邦」四個字。8 月 31 日溫

家寶在綿陽市長虹培訓中心大院的北川臨時校址為學生舉行開學典禮。

只溫家寶一人贊成預報地震

據 2008 年 7 月號香港《開放雜誌》引述消息人士透露，「5‧12」大地震發生前，中共高層接獲專家預測地震的通報後，為了奧運聖火傳遞和「社會穩定」，中共政治局常委投票決定是否發出預警，結果 8 人反對，只有溫家寶一人贊成發出預警。

地震發生前半個月的 4 月 26 至 27 日，中國地球物理學會下屬的天災預測委員會上，經過集體討論，做出「2008 年 5 月至 2009 年 4 月的一年內，應注意蘭州以南，四川、甘肅、青海交界附近，可能發生 6 至 7 級地震」的預報。當時擔任副主審、並成功預報唐山地震的地震學家耿慶國根據強磁暴組合，明確提出「阿壩地區 7 級以上地震的危險點在 5 月 8 日（前後 10 天以內）」。4 月 30 日，中國地球物理學會將有關預報以密件方式通報給中國國家地震局。中國地球物理學會顧問陳一文也於 5 月 3 日親手給地震局發了一份四川汶川地區可能發生強震的預警。

另外，2008 年 5 月初，美國太空總署的迪米塔‧奧佐諾夫根據地球紅外線監測圖預測中國西南將有地震爆發；2007 年 7 月美國《地震》雜誌披露，中國、歐洲和美國科學家共同通過仔細觀察衛星圖像，結合 10 年來對四川省地震斷層的深度研究，警告中共政府四川將面臨一次大型地震。

然而在面臨預報決策時，為了鞏固政治利益，中共政治局扣押了地震預報，但通知了可能在災區綿陽的中共核軍事基地以及

廣元附近的軍火彈藥庫等軍工企業。地震發生 6 小時後，溫家寶趕到災區說的第一句話就是：災情比想像的嚴重很多。

有消息稱，中共將地震預報以祕密文件的形式下發到了中共鐵道部、軍隊、煤礦系統，特別是四川核基地內的各個單位及核基地內的地方政府機構。廣元縣因此在地震中出現了「奇蹟」。得到預報的廣元市區和旺蒼、劍閣、蒼溪三縣，死亡人口比例比沒得到預報的青川縣小了 500 倍。

光桿救災指揮下遲緩的救援

這次四川地震，溫家寶與其說是國務院總理、抗震救災總指揮，不如說他是個「光桿司令」。

由於救援部隊調度上的嚴重錯誤，地震發生 42 小時後，進入汶川縣的救援官兵只有徒步急行軍 20 多小時後疲憊不堪、赤手空拳的 1000 人，遠遠比不上 36 小時內從江蘇、浙江等地趕來的一支民間救援工程隊。在救援黃金 72 小時的最後期限到來時，數十萬被壓在廢墟下奄奄一息的災民們等來的只有不到 1 萬人的空手救援兵。在明知災情嚴重，需要從廢墟中救出 10 萬災民時，中共不是按常識派出 30 萬人救援，而只派出了 13 萬兵力，其中絕大部分是 72 小時後去收屍的。

新華社記者一度在博客中透露了溫家寶的兩次發怒。5 月 13 日當得知由於橋梁倒塌，彭州市十萬民眾被堵在山中生死一線時，救災部隊卻以天氣不佳、有泥石流等藉口，拒絕運送救災物資。溫家寶對著電話大喊：「我不管你們怎麼樣，我只要這十萬群眾脫險，這是命令！」說完他把電話摔了。然而直到地震 5 天

後，才有部隊進到彭州去收屍。

　　儘管溫家寶提出一定要在 13 日午夜前打通災區道路，然而直到震後 79 小時，工程兵才第一次開通了從理縣進入汶川的公路，絕大多數災民已在廢墟中痛苦地死去，而當時受災的 58 個鄉鎮中還有 34 個沒有任何救援人員進入……

　　面對一再延後的災區空投傘兵救援行動，14 日溫家寶對著傘兵指揮官說：「我就一句話，是人民在養你們，你們自己看著辦！」此前溫家寶多次敦促空軍派直升機進入汶川，而空軍卻以「有大雨」為由拒絕執行命令。殊不知中共直升機的裝備足以在黑夜和惡劣天氣環境下安全著陸。等空軍傳回汶川縣第一張災情圖片時，地震已發生 43 小時了。14 日前派往災區的直升飛機只有 20 多架，震後第四天直升飛機才增加到 110 架，而整個空軍至少擁有數千架直升機。

　　當災區急需地震專業救援隊時，溫家寶發現全中國只有一支 130 多人的「中國救援」隊伍，而中共解放軍的工程部隊早被裁軍解散了。當時也只有溫家寶等少數人同意接受國際救援隊的無償幫助，而中共政治局多數人堅持把他們拒之國門外，直到黃金救援時間過去之後，才象徵性的允許日本、俄羅斯等國救援隊進入。

嚴懲責任人變成了空話

　　往往在地震中，孩子最容易存活，然而這次恰恰相反，死的大多數是正在教室裡上課的學生。幾乎每個城鎮最先倒塌的就是學校教學樓，而旁邊的其他建築卻屹立不倒。胡溫在 5 月 16 日

宣布，要徹底調查為何大批學校倒塌。胡溫警告說，如有任何人被發現與「豆腐渣」工程有關，將受到懲處。

然而後來受到嚴懲的是為孩子們喊冤上訪的家長，是《南都周刊》副總編張平，是採訪聚源中學家長集會的 6 名外國記者，是維權人士黃琦、劉正有、曾宏玲等，而沒有一個跟豆腐渣有關的人受到懲處。

有人將中共和美國在奧運和救災方面進行了對比。在美國，1984 洛杉磯奧運會上聯邦政府沒投一分錢；1996 亞特蘭大奧運會聯邦政府投資為零，而在 2005 年新奧爾良風災中，聯邦政府撥款 623 億美元。在中國，2008 北京奧運中共中央政府投資約 450 億美元，而在四川地震救災中，5 月 21 日中共國務院宣稱決定從中央財政中撥出 700 億人民幣作為重建資金，而中共民政部宣布，截至 6 月 2 日止，中國接受國內外捐贈的款物超過 417 億元。

對比可以看出，在中共政治局整體決定中，中共的面子比百姓的日子要重要幾萬倍。任何有損中共統治的事，哪怕是抓出豆腐渣工程裡的蛀蟲，都因有損政府面子而成為了禁忌。

地震已經過去 110 天，但中共遲遲沒有公布學生死傷情況和追究豆腐渣工程造成嚴重死傷的相關責任人，投訴無門的死難者家長仍然悲憤不已。9 月 1 日開學日，溫家寶前往四川大地震重災區北川中學參加新學期開學典禮。而在當地採訪的香港記者被官方要求離開。

100 多位北川中學遇難學生家長，當天在安昌鎮公路邊，希望能夠攔下總理座駕，呼籲調查豆腐渣問題，當局出動數十名警察進行阻攔，家長們只能失望地看著總理車隊經過。

災民投訴不斷 當局不理不睬

北川災民蔣女士說：「當天我們去安昌鎮保險公司理論，我們繳納的保險金和收據都和綿竹、和都江堰等地區一樣，為什麼我們只賠償 4000 元人民幣，其他地區卻有 2 萬元？家長不服，找保險公司理論。接待的人說 9 月 10 日給答覆。」

蔣女士表示，「我們只看到車隊經過，警察把我們寫的橫幅都沒收了。」

綿竹武都小學遇難學生家長李女士表示，她了解的武都小學死亡數字是學生 124 人，老師 12 人。綿竹有不少家長上訪要求追究責任，但至今沒有任何進展。

李女士：「我們不相信學校，現在根本不甩，經過專家鑑定好多地方都不合格，當地政府都在壓，我們到什麼地方去投訴啊？因為我們幾次到政府去要資料都不給，當時東汽中學那些家長到政府去反應一些情況，政府當時還抓一些人，在這種情況下我們向誰去告啊？」

9 月 1 日是四川地震災區小學開學的日子。中共教育部宣稱從 9 月 1 日起全面免除義務教育學雜費，但有四川災民投訴，有些災區仍跟往常一樣要繳錢。

四川地震重災區都江堰災民鄭先生說，他的孩子所就讀的小學仍然要交錢，共產黨說的是空話。「他主要是分區，有些地方還是跟往常一樣，有些地方很便宜，但是我們這邊學費一兩百塊錢吧，共產黨的話你相不相信？掙幾百塊很不容易，尤其物價上漲。」

康女士說：「有些家長看到其他孩子去上學，很寂寞、很羨

慕，也抱著孩子的遺像去報名，政府竟然也採取了鎮壓。」

政府的職責 美中大不同

2005 年 8 月卡特里娜颶風襲擊美國新奧爾良市，遇難人數 1036 人。美國政府派出數千架次飛機不斷搜尋倖存者和投遞物資，空運了 650 萬份套餐。為幫助災民，聯邦政府撥款 623 億美元，加上其他管道的救援，僅在新奧爾良一個城市的花費就高達 1000 億美元。

災後不久，美國白宮和國會宣布將對聯邦政府在應對颶風襲擊過程中是否存在失誤展開調查，而輿論批評的聲音則一直延續不斷。沒有官員敢於聲稱領導救災有方，只有官員因工作不力而被批評和辭職的。2005 年 9 月 7 日公布的 CNN、《今日美國》、蓋洛普民意調查的結果顯示，最該為卡特里娜颶風後的問題承擔責任的人選中，布希為 13％，聯邦政府機構為 18％，州和市地方官員為 25％，沒有誰該被譴責的為 38％。

然而災難若發生在中國，彷彿一切都反過來了。哪怕是姍姍來遲，政府也是救命恩人，哪怕中國紅十字會暗箱作業，甚至四川自貢紅十字會已被百姓揭露出貪污事件，也沒人去問責和監管相應部門。

第三節

總參謀長爆
江澤民阻撓軍隊救災

2008 年時任中共軍隊總參謀長陳炳德（左）撰文回憶汶川大地震救災，透露出江澤民（右）阻撓軍隊救災的黑幕。（新紀元合成圖）

　　2014 年 7 月，隨著中共前軍委副主席徐才厚被移送軍事法庭審理，他長期夥同江澤民在軍隊上賣官鬻爵的罪行開始浮出水面。與此同時，一份變相揭露江澤民阻撓 2008 年四川汶川地震救災的文章也再度在大陸網站上流傳。

　　這是 2008 年 12 月 9 日新華網轉載的《解放軍報》上的長篇報導：《總參謀長陳炳德撰文憶汶川大地震救災的日子》，輸入文章名就能在大陸網路看到全文。陳炳德 2007 年升任為總參謀長，實際上是當時還把持軍中權力的江澤民，暗中安排這一人事任命。不過這篇文章發表後，陳的官位就再也沒有提升過，直到 2012 年退休。

　　這篇表面上為中共軍隊唱讚歌的回憶錄，有意無意間卻向外

界傳遞了被密封得嚴嚴實實中共軍方高級機密，有人甚至猜測，陳炳德寫此文的目的，很可能跟李鵬寫《六四日記》一樣，讓歷史記住真正的責任人，避免自己背黑鍋。

文章 5 次提到「軍委首長」這詞，這是徐才厚給退休後的前軍委主席江澤民封的專用稱呼。汶川地震後，陳炳德每次都是向「軍委首長」彙報，聽從他的安排，而不向胡錦濤這名現任軍委主席彙報，每次都是胡錦濤自己打電話來探聽信息，或商量對策或追問進度，把胡被架空的現實真實地展現在讀者面前：胡錦濤與溫家寶都無法調動軍隊。

陳炳德無意中曝露江的陰謀

從陳炳德的回憶中，人們不難從那些具體的時間與過程中清楚地看到，江澤民是故意拖延，不想讓軍隊真正救援百姓，從而讓百姓對胡溫政權的救災不力產生憤慨，江派再伺機奪回權力。

下面是陳炳德文章的節選，括弧楷體字是《新紀元》的點評。

「5 月 12 日 14 時 30 分，一份特急電報使我心頭一震：四川汶川發生 7.8 級地震。早一分鐘了解災情，就能早一分鐘制定出兵方案。胡主席和軍委首長要求……。」（陳炳德無意中洩露出制定出兵方案的是「軍委首長」江澤民。）

「15 時 40 分，我簽呈第一份出兵命令，派某集團軍工兵團國家地震災害緊急救援隊趕赴災區。」（這第一份命令是災後 1 小時 10 分鐘之後才簽署的，事後人們才知道，這個虛有頭銜的國家地震救援隊，全部編制不超過 230 人。）

「18 時 10 分，胡主席打來電話，詢問部隊救災準備情況。

我向胡主席報告：『部隊 4400 人正在向災區機動，但道路保障情況不好。』（由此透露出，總參謀長不主動向軍委胡主席彙報，胡對他們為何最先只派出 4400 人不知情）。

「19 時 20 分，我給四川省軍區作戰值班室打電話，馬上組織部隊進入災區。」（下午 2 點半地震，晚上 7 點 20 才下令組織部隊，部隊出發時間更晚了。白白浪費了 5 小時。按理說，地震一發生，半小時內就應該組織部隊。）

調遣軍隊 為何捨近求遠

「隨著災情陸續報來，我越來越意識到，面對如此嚴重的災情，僅靠駐災區附近的部隊遠遠不夠，必須立即大規模增兵。根據 98 抗洪的經驗，為加快部隊投入速度、便於組織指揮，同時考慮到當時全軍部隊執行戰備訓練任務情況，一個『集中使用濟南軍區部隊、適當調集其他部隊、多路多方式開進』的方案逐步形成。21 時 34 分，我顧不得平時那些繁瑣的程式，拿起電話直接給濟南軍區范長龍司令員下達預先號令：『濟南軍區兩個集團軍立即做好執行抗震救災任務的準備，隨時待命出動。』」

（稍微知曉中共軍區劃分和管轄範圍的人都會問，地震發生在成都附近，為何不派成都軍區去救災，也不派附近的蘭州軍區或廣州軍區，而非要派遠在千里之外、相距遙遠的濟南軍區？）

這位總參謀長沒有給出答案。不過人們從江澤民遲遲不派兵，故意要看胡錦濤、溫家寶笑話的險惡用心中可以猜測，派出濟南軍區是胡錦濤沒有辦法的辦法，因為胡主席無力調遣其他部隊，只有濟南軍區的范長龍聽命胡錦濤，於是，胡只好派出遠在山東的軍隊連夜趕往

四川盆地。

　　從范長龍的官方簡歷中也可以看出，2006 年范擔任濟南軍區司令，2008 年 5 月汶川地震後，7 月 15 日他被胡錦濤晉升為上將。2012 年 11 月 4 日，又增補為中央軍委副主席。）

　　22 時 34 分，胡主席來電話指示：「當務之急是救人。兵力出動越多越好、越早越好、越快越好！」（胡錦濤強調要出兵越多越好，但軍委在江澤民、徐才厚、郭伯雄的把持下，卻按兵不動，胡錦濤沒辦法。）

　　「為加快速度，建議派空軍的空降兵趕赴災區，條件允許的情況下還可派小分隊傘降查看災情。」我向胡主席建議。胡主席當即同意，並要求注意空降兵傘降的安全。我隨即報告「軍委首長」，並與空軍領導通話商定有關事宜。（要派出空軍跳傘部隊，胡錦濤當場同意了也沒用，陳炳德還得按照徐才厚的要求，立即向江澤民請示，並還得和空軍領導商量做還是不做，而不是直接下命令。）

　　23 時 50 分，胡主席再次來電話詢問部隊抗震救災布署情況。我報告說：「重災區是汶川、北川、綿竹、什邡等地，成都軍區某集團軍 1 萬人正準備緊急機動，空軍空降兵某軍 6000 人 13 日早上 8 點即可出發，防疫醫療分隊同時趕赴災區。」（9 個小時又 22 分過去了，成都軍區還只是「正準備」出發，空降兵要在地震後 17 個小時又 22 分後才「即可」出發！）

　　一個小時後，經胡主席和「軍委首長」審批，總參謀部發出《關於參加抗震救災的命令》，調動 3.4 萬名官兵參加抗震救災。（由此看出江澤民把持軍隊的救災調度與指揮。）

軍隊救援 姍姍來遲

13 日凌晨開始,濟南、成都軍區 2 萬 2000 名官兵陸續從駐地出發,「開赴」災區。(這時人們已經在地下埋了 8 個小時了,軍隊才出發救援。)

「兩天來不斷傳回的情報顯示,地震災情比最初預想的要嚴重得多,災區還需要增兵。根據胡主席和『軍委首長指示』,總參謀部緊急籌劃下一步用兵方案」。(黃金救人時間是三天,都已過去兩天了,仍在「緊急籌劃」。)

14 日 12 時 20 分,胡主席打來電話:「前方說兵力不足,還需要再出動 3 萬人」。(為何每次都是胡錦濤打電話來問,而不是下面主動向上面彙報?人們猜測,這個「前方」就是溫家寶。)

2013 年 4 月 20 日,《老人報》在《汶川地震 168 小時》一文中介紹說:「空軍接到溫家寶總理專機飛行任務的時間,是 2008 年 5 月 12 日 15 時 12 分。起飛之前,他們只有一個多小時的準備時間。十多名部長和副部長,從北京的四面八方趕往機場,16 時 40 分飛機起飛。救援指揮在飛機上就已開始。

因為進入汶川的道路尚未完全打通,5 月 14 日清早的國務院抗震救災總指揮部會議上,溫家寶向將軍們要求:『把我空投進去!』這太危險了,大家一致勸阻。」

大陸媒體不敢報導的是,溫家寶見空軍因為下雨不敢起飛,多次打電話催促,哪怕 13 日兩次摔電話動員,都不管用了,14 日清晨他才被逼說出這樣的氣話。)

「14 日晚 20 時,徐(才厚)副主席主持召開空運空投協調會,傳達中央政治局常委會精神,決定立即從全軍調集增派直升機。」

（政治局出面了，軍隊才同意增派直升機。這時人們已經埋在廢墟的水泥板和塵土中兩天多，53小時了。）

「官兵們晝夜連續奮戰，依靠攜行的『土木工具和雙手』挖掘搜救被埋被困人員，不放棄任何一個搶救生命的可能」。（士兵去地震救災靠木棍和肉手去對抗數百斤重的鋼筋水泥板？這是演戲呢還是救人呢？江澤民的手段與計謀極其陰狠。）

「5月16日上午，在抗震救災的危急時刻，在攻堅克難的緊要關頭，胡主席趕赴四川地震災區。」（眼看72小時黃金救人時間只剩半天了，溫家寶還是指揮不靈，胡錦濤不得不親自督戰，也算對溫的支持。）

災區道路遲未搶通 災民自生自滅

「17日夜，胡主席在成都召開會議。胡主席指出，『當務之急是要組織精兵強將，克服各種困難，在最短時間內恢復通往重災區的道路交通，確保搶險救援人員、設備和受災群眾急需的生活物資能夠及時運進去，確保受傷群眾能夠及時得到救治。』」（原來地震發生5天半以後，通往重災區的道路交通仍未修通，也就是說，5天半內基本無人去搶險救援，任由裡面的災民自生自滅。）

「5月16日和17日，郭（伯雄）副主席在成都兩次召開抗震救災部隊領導幹部會議。17日，軍隊抗震救災指揮組和成都軍區聯指下發全力推進救災工作向村寨擴展的指示」（這是軍隊的擅自行動，故意無視此前政治局決定的由溫家寶當組長的救災指揮部。）

「19日14時28分，『進村入戶』首批官兵2萬多名」。（整

整 7 天後,才有首批官兵進村入戶。)這是中共軍隊總參謀長陳炳德的真實回憶。

陳炳德最後寫道:「國外媒體稱,中國軍隊在震後的反應之快令世界震驚,並稱這一壯舉為『救援大長征』。」(7 天部隊才到達災區,如此遲緩的救援行動中共仍自封「壯舉」。)

假如沒有徐才厚的落馬,2008 年汶川地震中的軍隊救災的虛假形象還會持續多久呢?其實越來越多的大陸百姓不再把海外獨立媒體的真實報導當成「反華勢力」的謠言,越來越多的人看到,《大紀元》集團報導的很多「謠言」實際上都是「遙遙領先的預言」。

第四章　天災中的人禍

郭美美案的中南海絞殺

第五章

郭美美的後台

三番兩次高調炫富並強勢反擊的郭美美固然令人非議，但仔細審視微博中的訊息，可以發現中共高層故意藉郭美美事件較勁，顯見紅十字會裡面，一定藏著習近平與王岐山要打的大老虎。

2011 年 5 月 13 日郭美美在微博上發布的照片，引人探問和郭美美同坐在一等艙的官人是誰？
（AFP）

第一節

郭美美再發飆
紅會募捐獲「滾」字

2008 年汶川地震後，各界質疑中國紅十字會處理善款去向，加上該會商業總經理郭美美在微博炫富，引發紅十字會的信用危機。2013 年四川雅安地震，紅會募捐僅兩天，其微博就收到 14 萬「滾」字，被逼宣布將調查近期又在微博炫富的郭美美。

2013 年 4 月 23 日，再次陷入輿論漩渦的中國紅十字會宣布，將重新啟動調查讓該會信譽遭重創的 2011 年「郭美美事件」，然而，外界普遍認為應該調查的是紅會，而不是郭美美。隨後郭美美又在微博炫富。網民調侃：不知紅會與郭美美的這次「生死對決」將如何收場？

紅會擬再查郭美美事件網路沸騰

有中共官方背景的中國紅十字會 23 日宣布，將於 5 月中下

旬，重新啟動調查郭美美事件，並邀請社會公眾同步參與。此舉再次引發網民質疑和熱議，網友稱，郭美美把紅十字會的黑幕揭開了一個角，應該調查紅十字會，而不是郭美美。

中國紅十字會社會監督新聞發言人王永說，四川雅安蘆山地震後，中國紅十字會第一時間進入災區展開救援，卻不斷遭受公眾質疑，甚至遭受網民的謾罵。

此前，受「郭美美事件」影響，中國紅會在震後第一時間發布微博公告救災情況時，稱紅會總會工作組正趕赴雅安災區「考察」，引來網民猛烈抨擊，批其官腔十足，迫使中國紅會會長華建敏出面道歉，稱「考察」兩字完全用錯。

2011 年 6 月 21 日，年僅 20 歲的郭美美，以中國紅十字會商業總經理的身分在微博上炫富，稱住大別墅，開瑪莎拉蒂、蘭博基尼，和母親擁有十數個愛馬仕包等，從而引發中國公眾對中國紅十字會所獲善款流向的質疑。

儘管中國紅會官員聲稱「郭美美與紅十字總會無關」，但郭的真實身分始終撲朔迷離，事件持續發酵，遭到了民眾更廣泛的質疑，令中國紅會陷入成立以來最為嚴重的信任危機。

中國紅會募捐兩天收穫 14 萬「滾」字

雅安地震後，中國紅十字會在第一時間發布微博，稱「總會工作組正在趕往機場赴災區考察災情」，並呼籲捐款。結果該微博在短短幾個小時內收到數萬個網友痛罵「滾」的回覆。

據粗略統計，不到兩天時間，此微博就得到 14 萬多個「滾」。到後來可能是承受不住輿論的壓力，紅十字會悄悄刪

除了這條微博！

此外，中國紅十字不斷被揭露醜聞，紅十字募款被知情者爆料，購買救災藥品要求開 5 倍數額的發票，並且把募捐點開到災區，偷竊救災物資等，遭到網民一路臭罵。

2013 年 4 月 21 日下午，深圳市紅十字會與河南省深圳義工聯在深圳蓮花山公園正門，為雅安地震災區募集善款。據現場觀察人士看到，在活動開始後的一個小時內，紅十字會收到的市民善款寥寥無幾，公園門口遊客人來人往，但許多市民見到捐款箱後選擇繞開或者視而不見。

郭美美再炫富 網友：誰會捐款給紅會？！

就在紅十字會著急表示要查郭美美後，郭美美在微博炫富又被曝光，郭稱「我有一個壞毛病，就是只欺負愛我的人。」貼出的一組照片中，愛馬仕、香奈兒等大量奢侈品，樣樣價格不菲。雖然未知郭所指的人是誰，但仍吸引了 3 萬 6868 條評論！有網友調侃：不知紅會與郭美美的這次「生死對決」將如何收場？

——紅會的形象代言人！

——關鍵時刻又出來給乾爹添亂！

——支援郭美美，再努一把力，直接把可惡的紅會搞死。

——這東西有來頭，連紅會都奈何不了她。

有網友說，咱一個提著人造皮革包的人，給提愛馬仕的人捐款，你不慚愧嗎？一個拿山寨機當手錶的人，給戴百達翡麗的人捐款，你不害臊嗎？一個為一碗麵條加不加蛋想半天的人，給一餐上萬的人捐款，你好意思嗎？一個漲價連夜排隊加油的人，給

開瑪莎拉蒂的人捐款,你還要臉嗎?

「要捐錢之前先想一想是不是在作孽,千萬別再捐錢給中國政府或是中國紅十字,不然就是在危害全世界。」

壹基金籌千萬被揭同紅會有關係引熱議

同時,壹基金也被一些網友披露同中國紅十字會有隸屬關係。

Lee 老冰:本來一直想捐去壹基金的,後來在 wikipedia 上發現壹基金原來是 Red Cross Society of China Jet Li One Foundation Project. 所以說,不論什麼管道,最終都是流入中國紅十字會嗎?!捽!!!

有網友曝光紅十字會的內部規定說,據有關規定,國內註冊成功的慈善機構(具備募捐資格),它們所有募集到的錢,都必須打入紅十字會帳號。當他們需要使用這些錢時,需要向紅十字會提出申請,並且要得到紅十字會的批准(紅十字會可以不批准或者少批准,這裡面,紅十字會具有監督和審計的權力)。

網友「一兩月色半壺老酒」爆料稱,據壹基金英文官網 Donation 頁面,壹基金收到的錢都是要打入紅十字會帳戶的,但是中文官網隻字未提,卻一再強調和紅十字會的剝離。他強調壹基金不能蒙蔽大眾,必須給大眾知情權。

據中國紅十字基金會消息,截至 2013 年 4 月 21 日 10 時 30 分,共收到善款累計 500 萬 49.33 元。與之相對的是,據壹基金傳播部副總監姚遙透露:截至 4 月 20 日 20 時,經確認的救災捐款已經超過千萬元,此外還有一些意向性的捐款尚未確認。

汶川數十億善款去向遭質疑

與全球多數獨立運營的紅會不同，中國紅會長期由中共國務院衛生部代管，員工享受參考公務員待遇。據中國紅十字會總會網站消息，2013 年，中國紅十字會「三公經費」財政撥款預算227.16 萬元，其中：因公出國（境）費 183 萬元，公務用車購置及運行費 41.16 萬元，公務接待費 3 萬元。2013 年預算數比 2012年預算數增加 76 萬元，其中因公出國（境）費增加 76 萬元。

2008 年汶川地震後，各界捐助數十億元，但善款去向一直遭質疑；2011 年紅會再爆大危機，據說與紅會高層關係密切的郭美美引起軒然大波，已造成其誠信徹底破產。

人們一直很納悶，一個小女孩，怎麼能抗衡紅十字會的鐵拳，誰是郭美美的後台呢？

第二節

郭美美的保護傘是劉雲山

　　人們關注郭美美，並不是好奇一個輕薄無知女子的私生活，而是憂心紅十字會那個深不見底的慈善運作方式。郭美美事件只是引燃民眾怒火的一根稻草，或說是壓垮駱駝的最後一根稻草。

　　另外，人們也質疑莫非官方渲染的「小三挺進娛樂圈」只是為了給更深的內幕遮醜？誰能下令讓知名的經濟學者郎咸平，屈尊導演一齣「母女開脫戲」？郭美美的乾爹到底有哪些？郭美美醜聞牽出的中國人壽的「投資妙方」，到底揭了誰的醜？讓我們拋開中宣部的輿論誘導，從頭找尋真相。

　　以下轉載《新紀元》周刊在 2013 年 5 月 9 日出刊（第 325 期）的文章《郭美美的保護傘是劉雲山》，即使 2 年後郭美美因賭博被判刑 5 年，回頭看裡面的質疑，依舊耐人尋味。

郭美美點火 燒到紅十字會高層多人

2011 年 6 月 21 日，一個經新浪微博實名論證為「紅十字商會總經理」的人，以「郭美美 Baby」的註冊名，在網路上展示她的奢華生活：「住大別墅，開瑪莎拉蒂」，在其照片中人們還看到她一人開蘭博基尼、馬莎拉蒂、MINI Cooper 三輛豪車，她還有十多個愛馬仕包；飛來飛去的都是頭等艙，不過這位總經理卻是個面容稚嫩的女孩，於是有心人把其微博貼在論壇上，人們競相傳播，幾小時內就在大陸和全球網站上捲起風潮。

這位 1991 年 6 月 15 日出生的女孩當時剛過 20 歲生日，她怕人們不明白，當天晚上還解釋說：「我所在的公司是與紅十字會有合作關係的公司簡稱紅十字商會，負責與人壽保險或醫療器械等廣告簽約，將廣告放在紅十字會免費為老百姓服務的醫療車上。」

這則微博幾個小時後即被官方刪除，但懂行的人一下就明白事情的嚴重性，因為在北京的很多高檔小區裡就有這樣藉紅十字招牌賣人壽保險和推銷醫療器械的。莫非有人拿百姓善心捐贈的巨款供自己揮霍炫富？特別是 2008 年汶川地震後，紅十字會接受了全球巨額捐款，但始終沒有告知民眾善款的用處。

一位北京餐廳老闆投訴說，他知道捐錢沒用，就聯繫紅十字會給十萬買暖水袋專款專用，紅會回覆說暖水袋要 27 元一個。老闆不信，就自己買，才幾塊錢一個。然後他請紅會在汶川的人員派發，對方說派發一個須支付 10 元。

1995 年，耿諄等多位中國二戰勞工花崗慘案的受害者控告日本鹿島公司，日本法院判耿諄方敗訴，但鹿島公司拿出 5 億日元

「慰問金」，遭耿諄拒絕。中國紅十字會接收了這筆錢，代轉給受害者及家屬，但紅會扣了 2.5 億日元作為「費用」。

大陸民眾對紅十字會早就一肚子怨言。人們義務獻血，但紅會把血賣給醫院，一袋 200 元，醫院再賣給病人一袋 500 元，據說血站員工年薪 25 萬。紅十字會主辦的中華骨髓庫，人們自願捐獻，但患者查詢時中華骨髓庫每次收費 500 元，查到了，要得到骨髓還要再交至少 5 萬元！北大學生基於義憤，成立了民間骨髓庫，從查詢到移植都是真正免費，起名「陽光骨髓庫」。

人們一直懷疑紅十字會有貪腐行為，莫非這個小姑娘的愚蠢顯擺是老天爺的安排，要來曝光中共在慈善業的黑幕？於是全國上下各大網站各大媒體都競相報導此事。

當時人們只注意到郭美美說話口無遮掩，經常說謊，但卻忽視了另一方：紅十字以及相關企業、機構的負責人，也同樣說話前後矛盾，謊話連篇。

2011 年 6 月 22 日，眾目睽睽之下中國紅十字會發聲明矢口否認存在「紅十字會商會」這個組織，（後來承認有類似組織）也不認識郭美美，24 日紅十字會向公安機關報案，不過直到 29 日公安才正式立案，郭美美才不慌不忙地從外地回京，接受警方調查，而且警方對她禮遇有加。

就在紅十字會否認的第二天，6 月 23 日，《中國企業家》雜誌官方微博稱，「中國紅十字會下面有個商業紅十字會，商業紅十字會指定深圳天略集團做勸募。錢募到了，就由天略和中國紅十字會分成；長沙妹子郭美美南下深圳並整容開始藝人生涯，認識天略集團董事長丘振良，關係不明。丘與紅十字會郭長江認識，郭美美與郭長江關係不明。」

在郭美美的微博裡人們也發現這樣的信息:「3 月份收到天略老闆的禮物瑪莎拉蒂,Mini 果斷賣掉」,引起網友對天略集團的關注。儘管天略集團先是矢口否認,但後來也承認了 2007 年至 2008 年與商紅會合作的事。據北京公安交管局的信息,郭美美掛「京 NRG222」牌照的 Mini Cooper 汽車從 2009 年 10 月 31 日至 2010 年 9 月 29 日,該車有 9 次違章記錄,但都一直「未處理」,可見她有後台。

中國紅十字會祕書長王汝鵬當時表示,紅總會沒有給商紅會錢,只是允許商紅會使用紅十字會的牌子與企業合作辦公益項目,他稱「紅會沒有涉及任何利益分配」,不過他沒有解釋商紅會與紅總會之間到底是什麼關係。

財經調查發現,2000 年紅十字會批准成立的行業分支機構商紅會,十多年來一直沒在民政部登記註冊,也不具備法人資格。2006 年 7 月,紅總會與中商聯一起向中共央行發函,以「募捐活動、收取會費」為由,開設了銀行帳戶。十多年來商紅會一直處於無人監管狀態,不交稅,財務也從未審計,完全是黑的。人們懷疑商紅會和其「業務指導」紅十字總會,涉嫌故意不註冊以逃避各種監管。

商紅會的王鼎公司「空手套白狼」

2008 年 6 月 1 日,第一個「紅十字博愛服務站」在北京建立,不過早在紅總會 2006 年「53 號」紅頭文件上,紅十字博愛小站就出現了。「博愛服務站」和保險公司合作,為社區居民免費提供急救、義診、體檢服務,同時提供人壽、財產等保險諮詢,

其外形就是一輛廂式無動力車。這些細節和郭美美說的「人壽保險」、「醫療器械」、「車體廣告」高度近似。

網友搜索發現，中國商業系統紅十字會在網上留的聯繫郵箱，是由商業系統紅十字會副祕書長李慶一的手機號碼登記的。而天略集團下屬的北京天略盛世拍賣公司，在一次拍賣會的網頁上所留的也是這個郵箱，此外還有兩家公司的聯繫方式都曾經使用過這個郵箱，他們是北京中謀智國廣告公司和北京王鼎市場諮詢公司。原來他們都是李慶一在背後具體運作。

人們還發現了一家名叫「中紅博愛資產管理公司」的企業，該公司在招聘中自稱是「中國紅十字會的關係企業」，將在全國大中城市社區內投資建 3 萬個紅十字博愛服務站。中紅博愛的項目思路，第一免稅；第二，終端設備的投入有人出錢，維護有國家財政支出；第三，沒有進場費，不需跟物業分成。從社區、學校、醫科下手，然後商業、物業，最後進攻寫字樓。用捐款箱跟廣告機聯合掙錢。

中紅博愛公司的原始股東之一是王鼎公司，王鼎最早的法人代表是商業紅十字會副會長王樹民，後來變成了王樹民之女王彥達。2011 年 8 月初央視《新聞調查》發現，本應立足公益的紅十字博愛服務項目變成了以推銷保險業務為主的商業活動，而且代表紅十字的王鼎公司要占 30％股份，但自身並不出資金，由合資方墊付，盈利之後再返還。王樹民對自己這種「空手套白狼」做法的解釋是，這是「他貢獻的智慧資源應得的回報」，外界評論這是紅十字官員把慈善招牌當成自家財富而進行的典型「權力資本套利」，是公開的官商勾結。

股權變化 背後都是商紅會的人

「中紅博愛資產管理有限公司」註冊時，其法人代表是聖華傑廣告傳媒有限公司老總王抗美，王鼎占 30％股份，隨後經歷了兩次法人變更。

第一次變成了 1984 年出生在湖南女子溫敏伊。郭美美事件後，有溫敏伊名字的網頁離奇消失。溫敏伊是郭美美的老鄉，她的丈夫是比她大 23 歲、1961 年出生在北京中國商業系統紅十字會副會長謝庚。謝庚還是中紅博愛大股東方圓偉業的負責人、中國證券監督管理委員會的市場部主任。據說聖華傑籌措不到足夠資金，就將中紅博愛股份轉給了一個叫方圓偉業的公司，也就是轉到了謝庚和溫敏伊夫妻手裡。

第二次法人變更是在 2011 年 3 月。深圳物華投資有限公司和自然人楊伊文分別承接 60％和 10％的股份，其餘 30％依舊是王鼎公司的，法定代表人更改為深圳物華的翁濤。翁濤也曾對媒體抱怨說，王樹民他們既代表王鼎也代表商紅會，「情理上不大合理，給人利益輸送的一個想法。但不接受 30％的墊付就拿不到這個項目。」在紅十字會面前，翁濤屈服的恐怕還不只這個，他後來爆料「郭美美的男朋友王軍」可能也是違心之言。

郭美美案還牽扯出張贏方，他是中國紅十字總會募捐辦公室主任、中國紅十字世博溫暖基金副主任、紅十字傳播基金副祕書長。同時是心動傳媒廣告公司總經理，代理紅十字會戶外募捐廣告。心動中基前員工告訴《南方周末》，他們給客戶的廣告款發票可開「紅十字會」的抬頭，這意味著客戶的商業廣告支出可以當成公益捐贈憑證，從而從稅收中扣除。

外界評論說，與其說郭美美炫富是偶然被人發現並曝光到網路，不如說早就有人盯上了這群藉紅十字的公益招牌、鑽免稅政策的空子、藉機想撈大錢的半商半官、官商一體的「一窩蛀蟲」。

針對郭美美的炫富，民眾自發展開了調查。從郭美美的一個豪車車牌查出其車主名叫「王軍」。2011 年 5 月 13 日郭美美還在微博上發布了一張照片，並說「上海我來啦！馬上要起飛咯，一年多沒跟媽媽出去玩了，還是跟家人在一起沒煩惱。後面那位看似官人的大叔不好意思讓你入鏡啦！」

有人舉報說這個官人大叔就是紅十字會副會長郭長江，不過第二天就被否定了，一是官方報導那天郭長江在陝西漢中市西鄉縣白勉峽鄉博愛學校參加揭牌儀式，而上海中醫藥大學附屬曙光醫院中醫科主任醫師張曉天新開微博，稱自己就是照片中的官人。但人們發現，郭長江的兒子郭子豪，開瑪莎拉蒂，郭公子自稱是瑪莎拉蒂總裁，車牌：京 X88888，據說光這車牌的錢在帝都就能買幾套房了。

郭美美和紅十字會到底有什麼關係呢？僅僅是天略老闆送她一輛豪車嗎？很多人把聚焦點集中在商紅會的官商勾結上，若繼續查下去，就能查出這些年紅十字會是如何掙錢的。這時一件事情發生了，隨後人們的注意力就從商紅會轉到了郭美美個人身上，還出現一系列進軍娛樂圈的鬧劇，令局勢出現了大轉折。

深圳商人王軍，真有其人嗎？

2011 年 7 月 3 日，中紅博愛資產管理有限公司首席執行官翁濤主動對媒體爆料稱，郭美美是自己朋友王軍的女友，自己與王

軍是生意合作夥伴，雙方共同投資「博愛小站」項目。王軍在與朋友聊天中談及紅十字會，郭美美在旁邊聽到，覺得紅十字會有名，便像炫名牌一樣，給自己封了個「紅十字會商業總經理」職務。

據翁濤自稱，在他占90％股份的深圳物華投資有限公司，王軍通過太太的身分投資了10％股份。物華公司收購中紅博愛後，公司總投資是6、7千萬，王軍投資了1000多萬，但因為公司尚未啟動，王軍並沒有從中紅博愛掙到錢。郭美美炫富事件曝光後，翁濤及中紅博愛都感覺到了壓力，王軍也因此主動辭去中紅博愛董事一職。

翁濤的以上說法通過多家媒體報導，成功地為紅十字會撇清了與郭美美的直接關係。但兩天後的2011年7月5日下午5點43分，事情發生戲劇性逆轉，在北京配合公安機關進行調查的郭美美本人，通過微博否認王軍是自己的男朋友。郭美美稱，「我男友是86年的，並非網上傳言的那些人。」兩小時後翁濤發微博回應，「我已注意到郭美美微博的言論。我再次聲明：我不認識郭美美。郭美美是王軍的女友－－這個消息是王軍告訴我的。」

真的有王軍這個人嗎？人們只是從翁濤的口中得知，拿不出第二個旁證，儘管有人貼出了一張中年商人的照片，但無從考證他就是王軍。心直口快的郭美美為什麼否認王軍是她的男朋友呢？這不是給紅十字添亂嗎？

郎咸平幫倒忙 越洗越不白

當時幾乎整個輿論界都相信，郭美美只是個愛好虛榮、喜歡

攀比的二奶小三，不過 2011 年 8 月 3 日，經濟學者郎咸平對郭美美母女的專訪，讓人們看到了郭美美母女倆的能量之大，絕非只是想藉炒作而挺進娛樂界的等閒之輩。

就在「郭美美事件」事發一個多月、網路關注度大大消退之時，郭美美及其母親郭登峰突然公開露面。8 月 3 日，名不見經傳的寧夏衛視《解碼財商》在《財經郎閑評》中，播出了 30 分鐘的精簡版，在網路上吸引了上千萬的點擊量。

2011 年 8 月 3 日，郭美美母女接受郎咸平專訪，意圖撇清與紅十字會的金錢關係，卻反而突顯郭美美母女的靠山有多硬。（大紀元資料室）

採訪中郭美美首次承認深圳王軍是其「乾爸」，豪車瑪莎拉蒂正是由王軍贈送。郭美美打扮得年輕漂亮的媽媽郭登峰也公開表示，她本人亦財富可觀，郭美美出生之前的 1990 年就已在深圳有兩套房子、幾百萬現金。至於其財富來源，則是靠炒股票。在股市只有 5 支股票時，她便已入市，並稱當時一天股票漲幾十塊，她也因此幾個月就賺了幾百萬。

香港知名記者閭丘露薇評論說：「新聞系同學們，作為一個案例來看，這個採訪很失敗。一，只讓對方說自己要說的話。二，引導痕跡太重。三，沒有追問，總是迫不及待地打斷對方。不過終於看明白了，為何要做這個節目，就是要引導郭美美澄清，幫

王軍、紅十字會澄清，那是王軍自己的錢。」《南方都市報》專欄作家趙王則直言：「看出來了，郎教授不僅是經濟界裡最沒經濟水準的，而且還是主持水準最差。」

不過這些舊聞都不是這次採訪的新聞點，郎咸平的採訪其實是想給郭家母女「正名」：郭美美不是二奶，她只是乾女兒，她本人是純淨的，而且郭母是個女能人，她是郭家正當財富的創造者。

不過很多民眾對郭登峰那類似「股神」般的炒股業績表示強烈質疑。調查發現，郭登峰 1964 年 7 月生於湖南，曾在益陽當地事業單位工作，後通過湖南老鄉會在北京深圳謀生，做些貿易及廣告之類的工作，後戶籍遷往深圳寶安。

郭登峰交際廣泛，著裝入時，在自稱 Coco 的博客中，她於 2007 年起上傳了 147 張藝術照和自拍照，當時她在深圳開了一家服裝店。2011 年郭氏母女名下共有四處房產，老家益陽兩套，一是位於赫山區長益路 33 號的舊宅；二是 2010 年 12 月購買的經濟適用房。北京、深圳各一套，分別為朝陽區百子灣路後現代城和羅湖區東樂花園，前者常居，後者房門緊閉，鏽跡斑斑的郵箱塞滿了廣告郵件。

在有其他房子的情況下還能有套救濟窮人的經濟適用房，這說明郭登峰具有違規收買官員的本事。據郭美美好友透露，郭登峰 2007 年 7 月初與一個荷蘭人在益陽訂婚，當時郭美美在讀電影學院 08 進修班，17 歲的她還在應聘郵件中自己的名字郭美玲後面註明（混血兒）。

郎咸平給母女倆「正名」後不久，有記者在網上爆料稱，郭美美母親不堪輿論壓力，承認郭美美實為中紅博愛資方股東王軍

的親生女兒，節目上說的她靠炒股發財都是騙人的話。

為何郎咸平要做這一節目呢？有人傳言是收了 200 萬，有的說是因為上面壓力大，郎咸平不得不硬著頭皮接了這個活。不過很多人表示，郎咸平這番替郭美美「洗白」，卻是越洗越不白了，反倒讓人知道了郭美美母女的靠山有多麼厲害，能把這個大陸知名的經濟學者，弄來採訪這個被稱為中國第五大娛樂新聞的郭美美事件。

就在人們議論紛紛，網站各論壇的帖子越堆越高時，突然一夜之間，高樓帖轟然倒塌，所有相關帖子都被刪除了。誰能下令刪帖，還馬上刪得一乾二淨？莫非郭美美事件和中宣部的某些官員有關？近年來郎咸平到處公開演講，直接痛罵中共國務院的「4萬億救市方案把中國經濟置於冰火兩重天的嚴重病態」，中共中央經濟政策絕對是錯誤的，坑害了老百姓。郎咸平的這種經濟左派言論能夠一直在大陸嚴屬監管的網路上暢通無阻的傳播，外界質疑，如果沒有中共中宣部的大力支持能行嗎？

中宣部支持郎咸平，郎咸平聽命於中宣部，於是有人開始懷疑中宣部長劉雲山是郭美美家族的保護傘之一，否則怎麼會下令讓郎咸平出面為母女倆洗白呢？

劉雲山之子藉博愛小站發財

回顧一下郭美美事件不難看出，劉雲山兒子劉樂飛的中國人壽保險公司，直接捲入了輿論漩渦之中。

郭美美提到的那個所謂「博愛小站」，是中紅會號稱要覆蓋中國 10% 人口、5000 萬個家庭「急救和保健」的公益服務，計畫

在全國推行並設置 2 萬個名為博愛小站的廂式車服務站。中紅會以便民為名義，說要服務全國人民的博愛小站，卻全都集中在北京高地價的社區，反而更需要此項服務的偏遠鄉村一個都沒有。

由於是公益性質，故博愛小站無需支付地價，因此若以每個服務車廂占地 15 平米計，2 萬個小站共可獲得等同 30 萬平方米的免費小型商業鋪面。若按底層商舖約 1 萬元的樓面地價計，這個專案附贈的價值高達 30 億人民幣，若按照平均每平米 3000 元的店租計，參與企業也無償取得逾 10 億元的利益。

哪家保險公司幸運取得中紅會這 2 萬個博愛小站的獨家合作呢？答案就是中國人壽。中國人壽一家獨大擁有博愛小站，相當於是在北京社區落地了 2 萬個連鎖營業分支。據公開資料，中國人壽首期在北京黃金地界 1000 個社區設置的博愛小站，不但省下至少 2 億的地價成本及店租，第一年賣出的人壽險與意外險就有近百萬的進帳。這背後的操盤手就是劉雲山之子、中國人壽保險股份有限公司投資管理部總經理劉樂飛。

劉樂飛 1973 年出生，劉樂飛的妻子賈麗青，是曾任中共國安部長、公安部長以及最高檢察院檢察長賈春旺的女兒。劉、賈聯姻，被視為中共政壇「政治聯姻」的典型。

劉樂飛在社科院讀碩士時，英語無法通過國家考試，連碩士學位都沒有拿到，不過憑藉老爹的關係，2004 年，年僅 31 歲的劉樂飛被劉雲山強力安插到國內最大的投資機構——中國人壽保險股份有限公司，出任投資管理部總經理，負責掌管超過 5000 億元保險資產的投資運用，以劉樂飛的年齡、學歷、資歷，與這個職位根本無法匹配。2006 年 7 月，劉樂飛擔任中國人壽首席投資執行官，郭美美提到的那個博愛小站就是劉樂飛當時提出的藉

慈善之殼的撈錢之舉。

據中國人壽保險公司知情人透露，劉樂飛不但利用慈善機構發財，同時還大耍手腕虛張聲勢，屢次上演假離開公司的把戲，每鬧一次，公司就得給他提升一次職務。2006 年劉樂飛就張羅要去銀河證券公司出任副總經理，逼迫公司為他特意設立了所謂「首席投資官」的職位，兩年後劉樂飛故技重演，提出要去其他基金公司，逼迫公司提升他為公司副總。

人們還發現，2007 年 9 月，商紅會借殼「王鼎市場營銷諮詢有限公司（北京）」（該公司主要面對政法系統，銷售專用茅台酒）和「民豐博愛資產管理有限公司（香港）」，共同推行「博愛小站」，而香港民豐控股（後更名為民豐企業控股），其與前身「內蒙發展控股公司」都是專營內蒙的礦業、農畜、物流、倉儲等項目的上市公司。外界也知道，劉雲山在內蒙古生活近 30 年，與這些公司關係都很密切。

劉樂飛通過博愛小站，即為中國人壽換得數億潛在投資收益，又能從商紅會換取利益，假如郭美美事件深挖下去，就會發現劉樂飛。於是為了掩護兒子，劉雲山下令引導輿論轉向，把原本直指商紅會和中國人壽的民眾怒火，轉移到一個三流女演員的低劣娛樂表演上，於是出現了郭美美唱新歌、簽演藝合同的鬧劇。

財政部副部長王軍是郭美美的親爹？

不過，郭美美事件可能不光牽扯到劉雲山，還有其他高官。

2011 年 7 月 6 日，就在人們相信「郭美美花的錢只是王軍個人的錢，和紅十字無關」時，一個叫思遠的網友發出了「難道郭

美美是紅十字會副會長王軍的女兒？」的帖子。他當時就認為郭美美不是二奶。「郭美美不過是個 20 出頭智商不高的小丫頭，也根本談不上傾國傾城，這樣的所謂『美女』真是滿大街都能見到，有錢人有必要在一個這樣的女友身上送完林寶堅尼再送瑪莎拉蒂，送完愛馬仕再送卡地亞，甚至還送賽馬？而且連郭美美的媽都送上了愛馬仕包，這更是匪夷所思。我相信，會在一個小女孩身上這麼不計成本的撒錢，而這個小女孩又拿得這麼張揚，這麼理直氣壯肆無忌憚，這個背後的有錢人應該是她的生父。」

他認為，送郭美美豪車的王軍不是深圳的王軍，「這個王軍長期生活在深圳，郭美美生活在北京，一個深圳人送名車、送房給女友，放她獨自在北京逍遙？這太不可思議了。所以真正的王軍應該另有其人。

巧的是，中國紅十字會副會長也有一位叫王軍的，此王軍 1958 年生，身為財政部要員，地位比深圳『王軍』高得多。特別是，他竟然有一張和郭美美的合照！！是郭美美坐在飛機頭等艙，他恰好做在斜後方。這真是太巧合了！『紅十字副會長—林寶堅尼車主—機艙合影—王軍』。這些都有照片為證，鐵證如山，相信這個王軍才是幕後的真人。」

有網民指出，郭美美頭等艙炫富照中，坐在其後面的「那位大叔」，就是財政部副部長王軍（左）。（AFP）

這名 1958 年 11 月出生在河南商丘的王軍，是中共財政部副部長，2013 年 3 月，王軍調任中共國家稅務總局局長，黨組書記。有趣的是，郭美美事件後，中國紅十字會的組織架構上已經移除了王軍的名字，而且在王軍的官方簡歷中，隻字不提他曾經擔任過紅十字會副會長職務。有人拿財政部副部長王軍的照片來對比郭美美飛機上那個同機人，覺得他比張曉天看起來像得多。

2014 年 6 月 29 日，一條不足 50 字的微博爆料被網路瘋轉，稱「郭美美於今天上午 9 點左右、在望京住處被警方帶走，紀委帶走某副會長協助調查、其辦公室已經被封。」事後證實，那天郭美美真的被警方調查了，不過這裡面提到的副會長是誰呢？不是郭長江，會是副會長王軍嗎？

到底郭美美是不是這名財政部副部長的私生女，由於信息不夠，人們還無法判斷。不過，從前些年郭美美高調炫富、甚至一女獨戰眾富少的膽量、以及眾多富少追求她而不得的身價來看，郭美美的親爹可不是一個等閒之輩。假如這個王軍才是郭美美的親爹，就不難解釋天略老闆為了巴結紅會而給郭美美送豪車，也不難解釋為何翁濤會站出來用編造的一個深圳王軍替身來替北京王軍解圍了。

生活奢侈 敢與富少逞強

據知情人介紹，2011 年 6 月紅會事件發生後，郭美美低調了一段時間，便與 SCC（跑車俱樂部）某江姓小富豪帥哥談戀愛，還在 11 月他生日當天為其親手做蛋糕，更在微博發表愛的宣言：「以後每年生日都一起過。」未幾兩人分手，她又同另幾位富少

交往，未幾也分手，最終投入外籍男友懷抱。從郭美美後來發布的自拍照中依舊看出她過著非常奢侈的生活，照片上的她又秀出10多萬的 Hermes Birkin 手袋，還有鴿子蛋鑽戒、鑽石腕錶以及鉑金手環等大量奢侈品。

到了 2013 年 4 月初，一些富人、名人在三亞舉辦「海天盛筵」，有消息說這裡面有淫亂派對。4 月 6 日 19 點 48 分，郭美美在微博上否認自己參加，稱：「我一直在澳門根本沒去三亞海天盛筵還勾搭什麼 SCC 富二代，說實話我壓根看不上，我在澳門玩牌輸贏就是一輛跑車，北京 SCC 的幾個男孩之前騙了我 300 萬我都懶得說，現在說我是外圍，去三亞傍高富帥，可笑！說他們想來傍我還差不多。那傻逼江某你每次炒作自己時不扯上我來增加人氣會死嗎！」

郭美美還在微博上發出她玩賭博用的 500 萬籌碼，結果引來富少們紛紛發圖反擊。從郭美美的強硬態度來看，她和富豪家的千金小姐沒什麼兩樣，這再次從側面證明她可能不是小三。

紅十字會為什麼怕郭美美曝光真相？

2013 年 4 月 20 日，四川雅安盧山發生規模 7.0 地震，紅十字會呼籲民眾捐款幫助災民，但應者寥寥。4 月 23 日，中國紅十字會社會監督委發言人王永宣稱，已經對重查郭美美案達成初步共識，待地震緊急救援基本完成後，將啟動針對郭美美案的重新調查，以幫助紅會恢復名譽。

4 月 25 日，網友「央視淇兒」在微博上詢問：「四川雅安地震，中國政府官辦機構紅會收不到捐款，惱羞成怒之下紅十會發

言人放出猛言：要重新調查郭美美事件！郭美美收到戰帖後，立即發出聲明：『只要紅十字會敢動我一根毫毛，我立即公布紅十會很多不為人知的貪污內幕！資料我已寄到美國，有膽的你們放馬過來！』求證轉。」

26日，一個所謂的郭美美的代理人在某論壇發布17.2G視頻，事後證明這只是一個木馬病毒軟體。也就是說，郭美美是否真的說了這話都值得考證之時，26日，紅會祕書長王汝鵬卻趕緊發表聲明說：「我澄清下，紅會沒有任何人說要重查GMM（郭美美），社會監督委目前也沒有開會作出決定要重查GMM。真實情況是監督委王永、劉姝威兩位委員的個人提議。一些媒體記者見風就是雨，報導成了紅會決定要重查GMM事件。這樣的烏龍新聞真是讓人哭笑不得。」

26日同一天，中國紅十字會社會監督委員會也發表聲明稱，社監委是「協力廠商獨立監督機構，不隸屬於紅會。是否重新調查郭美美事件，將由社監委獨立決定，紅會無權干涉。劉姝威、黃偉民、王永三位委員的提議將按照章程提交社監委會議表決，如獲出席會議二分之一以上委員贊成方為通過。如果社監委決定啟動調查，紅會須予以積極配合。」

人們稱這是歷來最熱鬧的微博之戰，如果說「王立軍出逃」是把中共高層內部激烈搏鬥的幕後戲拿到了百姓面前，「郭美美炫富」事件就算中共官商勾結利用紅十字會這個平台，揉碎了人們僅存的一點慈善之心。和郭美美為主角的這部真實劇情片相比，以全中國人為觀眾的政壇大戲，可以讓最富想像力與創造力的導演和編劇功力黯然失色。

第三節

郭美美「小妖」
背後的大魔是誰？

高調跋扈的郭美美能讓紅會及有關部門投鼠忌器，背後顯然有「大魔」。（AFP）

　　郭美美這個 1991 年 6 月 15 日出生的女子，已經成了中國家喻戶曉的人物，調查顯示，99％的大陸人都知道她。這個與習近平同一天過生日、相差 38 歲的炫富女，最近不光在民間網路上出名，甚至官方喉舌新華網、人民網也捲入其中，甚至有大陸高層背景的香港鳳凰網，也發布了一個惡搞性質的郭美美版《路在何方》視頻，令「這隻有背景的妖怪」更加吸人眼球。

　　郭美美版《路在何方》這樣唱道：「你炫著富／他害著怕／迎來主播／送走紅霞／掌握猛料 17G／紅會有火不敢發／不敢發／啦啦啦啦啦啦啦啦／一次次賣萌裝傻／一次次被損挨罵／誰知浮雲背後／自享榮華。你偷著奸／他耍著詐／各取所需／共同發家／瘦身整容秀奇葩／幕後靠山通官衙／通官衙／啦啦啦啦啦啦

啦啦／一次次撂下狠話／一次次射影含沙／紅會能否徹查／你們等吧！」

「誰敢動我一根毫毛」紅十字不敢吭聲

事後證明，郭美美並沒有在其微博上發出「誰敢動我一根毫毛」的聲明，但就這樣一個外界的虛晃一槍，就嚇得紅十字會再也不敢吭聲。

2013 年 6 月初，法律學者徐昕提醒紅會「起訴郭美美侵權的訴訟時效即將到期」，但紅會沒有回應，相反，一大批官媒卻回應了。

2013 年 6 月 25 日人民網刊文表示，高調跋扈的郭美美能讓紅會及有關部門如此膽戰心驚、投鼠忌器、龜縮躲避，「顯然是一隻大有背景的妖怪。」6 月 27 日，新華網在文章中稱郭美美事件實在讓人費解，而新華網發展論壇更是嘲諷紅十會連控告郭美美這根最後的救命稻草都不撈，明顯違背人到緊急關頭的應急反應。文章說，這麼拚死捍衛的難道果真是美美這個小妖嗎？美美背後的「大魔」是誰？到底又是誰在寵著護著這隻小妖呢？

郭美美與「第一把手」有關

從郎咸平站出來替郭美美母女證明清白，到郭登峰承認郭美美是深圳王軍的親身女兒，從分析從未露面的深圳王軍可能根本沒有這個人，到根據相片猜測北京的財政部長王軍有可能是郭美美的親身父親，以及劉雲山兒子劉樂飛如何藉博愛小車搞中國人

壽的商業廣告等，讓人驚呼這裡面水太深，外界根本還沒找到關鍵線索。

2013 年 6 月 17 日，一向以透露北京高層內幕而出名的網路人士「牛淚」發帖說，「美美關乎某一把手？」他說：「誰都動不了郭美美！從非正常管道了解到了郭美美的身世，此前的情婦乾閨女傳說都是浮雲，紅花會莫說複查，恐怕連約郭美美喝個早茶，給郭美美送個禮品都要看郭美美有沒有臉色心情。我敢肯定，只要有這種身世護體，只要不在法治軌道上建立起現代透明的政治制度並放開外部力量對政治權力進行有效的制約監督，誰都動不了郭美美，包括那個被認為是全宇宙權力最大的人。」

他在分析一通後指出，「不過從郭美美的長相看，她的鼻子像常委裡的劉XX。」

現在人們還無法確定郭美美背後的大魔是江澤民派系的財政部長王軍，還是政治局常委劉雲山，或紅十字會副會長郭長江，但有一點是肯定的，紅十字會裡面藏著習近平與王岐山要打的大老虎。

第五章 郭美美的後台

郭美美案的中南海絞殺

第六章

劉雲山的淫亂

據央視要員及芮成鋼和其他主持人的招供，劉雲山主管下的央視已成為中共高官後宮，尤其是劉淫樂享受的淫窟，他所玩弄的女性超過 380 餘人。而據中南海消息稱，劉雲山家族是現任七常委中貪腐最嚴重家族，坐擁數百億資產。

劉雲山被指為「五毒俱全」的偽君子，貪污腐化兼淫亂。（Getty Images）

第一節

劉雲山小傳

劉雲山執掌中宣部後嚴控網路，萬馬齊喑。（新紀元資料室）

不管劉雲山與郭美美到底什麼關係，起底劉雲山的貪腐淫亂還是很有必要。

2012 年被提名的 11 位 18 大候選人中，被民眾聯名要求查處免職的，只有劉雲山了。劉雲山這個中共中宣部部長之臭名昭著，除周永康之外，無人可比。不過，劉雲山最後還是擠進了中共政治局常委的七人名單，這背後有什麼貓膩呢？

民眾炮轟中宣部

2012 年 5 月 9 日，華文媒體參與網的文章《16 名老黨員上書胡溫，要求查處周永康劉雲山》，給外界帶來不小的震動。發信的是雲南昭通市 16 名中共老黨員，他們要求以胡錦濤為首的中共中央，「免去周永康常委和政法委書記職務，交由中紀委查

處；免去劉雲山中宣部部長職務，不得進入 18 屆常委班子。」

以余永慶為代表的這 16 名公開姓名和電話號碼的老人在信中歷數毛澤東以及繼任者天安門大屠殺和對法輪功的迫害罪惡；揭露薄熙來和周永康在重慶復辟文革、密謀政變黑幕；批判劉雲山主掌的中宣部掩蓋毛的罪惡，並在中共 90 周年遊行時塞進「毛澤東思想萬歲」方陣，為毛左勢力撐腰，與薄周相互呼應。

早在 2004 年，北京大學新聞傳播學院副教授焦國標就發表了《討伐中宣部》萬言書，在海內外引起震盪，他最終失去了在北大的教職。文章指責中宣部實行愚民政策，列舉了中宣部 14 種「大病」。

他稱中宣部是「文明發展的絆腳石、邪惡勢力和腐敗分子撐起最大最有力的保護傘、是憲法法律的太陽照射不到的黑暗王國」，他稱中宣部得了 14 種「病」，包括「工作方式巫婆神漢化、是冷血弱智者、是中國弱勢群體災難的二級製造者，是媒體老總們的是非感正義感文明感的戕殺者」，中宣部「庇護惡棍和腐敗分子，吃裡扒外、表面上的精神貴族，實際上的金錢奴隸、嫉妒賢德，誰冒頭就封殺誰，誰的正義感突出就『活埋』誰。」

劉雲山 1993 年任中宣部副部長，2002 年任正部長，這些針對中宣部的控訴，無疑就是對劉雲山最精準的評語。很多年前，大陸網友評選「最該被取消的部門」，除了政法委，就是中宣部。

靠薄一波和江澤民提拔

劉雲山 1947 年出生於山西忻州，據說，薄熙來、薄一波父子也是山西忻州定襄縣人。劉雲山的父母在內蒙古當官，父親是

薄一波的下屬。劉雲山一是靠薄一波栽培，二是靠江澤民提拔。

劉雲山畢業於內蒙古集寧師範學校後，在內蒙古先後做過教師、宣傳幹事、新華社內蒙古分社記者。1982 年 7 月至 1984 年 2 月，劉雲山任共青團內蒙古副書記，而胡錦濤時任團中央書記處書記、全國青聯主席，屬於劉的上級，所以有人將劉雲山列為團派，不過劉具有非常強烈的江派色彩。

劉雲山從內蒙古赤峰市委書記升到北京當中宣部副部長，據說是靠丁關根的提攜。丁關根曾長期主管中共宣傳、意識形態工作，擔任中共中央宣傳部部長和中央宣傳思想工作領導小組組長長達十年。

不過劉雲山的中共中央候補委員只當了兩年——1987 年中共 13 大時，他便榜上無名了。到 14 大時才重新被安排為中央候補委員，中共 15 大時晉升為中共中央委員，16 大、17 大成為中共中央政治局委員、中央書記處書記。

劉雲山 2002 年被升為正部長，與撰寫《江澤民傳記》的美國人庫恩密切相關，據說正是因為劉雲山積極討好江澤民，藉一個不會說中文的外國銀行家的名聲來給江樹碑立傳，在國際上製造話題，於是被江重用提拔。

誰改變了中國？庫恩與劉雲山

雖然《他改變了中國——江澤民傳》的書面作者是庫恩，但海外輿論普遍相信，是葉永烈這樣的文人在背後捉刀，目的是欺騙大陸與國際民眾。這背後的主要運作人就是劉雲山。

據《南方人物》周刊披露，庫恩在採訪會見中共高官時，避

開他在中國做生意和國際大公司顧問、董事的身分，特別是他與美國世界上帝教會（Worldwide Church of God）的關係。

庫恩稱從 2001 年開始寫作《江澤民傳》，四年間他「停止了在中國的一切商業活動，沒有收到任何直接或間接的經濟報酬。」不過事實是，他旗下的公司成為中共官方機構在海外的重要合作夥伴，他的四個家人都參與了他的一系列中國項目。

這位猶太裔美國商人非常懂得中共官場的潛規則，他曾把央視台長趙化勇的兒子安排在他位於北京和央視合作的公司任職。等趙化勇因一場大火狼狽下台後，他的兒子也被公司趕走。

劉雲山在庫恩眼裡更是「最具價值的投資」，於是乎，劉雲山兒子的女友又成為庫恩開設在北京的公司的老總。

江澤民想吹捧自己改變了中國，僅以這本書的外國作者從正規商人變成投機作家就可以確認：江澤民不但讓諸如劉雲山之流的中共官員更加貪腐，也讓西方人學會了行賄走黑道。從這個角度看，江澤民的確改變了中國甚至改變了世界，讓中國變成徹底放棄良知道義的國度。

壓制真相 引起公憤

江澤民之所以提拔劉雲山，不光是他為自己歌功頌德，樹碑立傳，還因為劉雲山和前中共中央政治局常委李長春一樣，都是頑固的中共保守派，站在反民主的立場上，長期壟斷操控宣傳系統，維護中共一黨獨裁統治。下面是劉雲山的一些惡行：

2003 年 6 月，劉雲山限制媒體對敏感問題的報導，並警告「外國反華勢力利用有爭議話題破壞中共政府」，至少兩家報紙被臨

時關閉，多家雜誌受批評。被禁的議題包括隱瞞薩斯（SARS）疫情和對上海地產商周正毅醜聞的調查等。

2008年四川大地震後，報導地震死難學生情況的「六四天網」負責人黃琦等維權人士和網友被拘留。

2009年，膠濟鐵路「4‧28」列車相撞造成72人死亡、416人受傷的慘劇，劉雲山要求中共中央級新聞媒體不得報導鐵路撞車，要多做鐵路提速的正面宣傳。2009年底，《財經》雜誌60多名採編經營骨幹集體辭職，《財經》新聞掌門人胡舒立辭職。

2010年，「維基解密」公布美國外交密電披露，下令封殺Google一事，是政治局常委李長春、周永康下達指示並監督下進行的，中宣部長劉雲山則是負責協調向Google施壓的人。

2011年7月溫州動車追尾造成40人死亡、172人受傷。事發後張德江下令停止搜救，就地掩埋動車殘骸，引發全國公憤。劉雲山還下令嚴禁報導，成為媒體和網民的公敵。2012年薄熙來事件後，利用媒體支持薄熙來，更成了劉雲山的一大主要任務。

江派竭力想扶持的人

不過有消息稱，後來胡錦濤對劉極左的表現有所不滿，負面評價越來越多，胡甚至有「去劉以王滬寧代之」的想法。

然而到了2012年10月薄熙來被「雙開」之後，江派媒體放風說劉雲山將成為「黑馬」，不但入常，還會出任中共下一屆國家副主席，同時兼任中共中央黨校校長，原因是他「派系特徵並不明顯，最後反而使他成為被習、胡、江均接受的人物」。

放風還稱：「在黨內，劉雲山還將出任中央書記處常務書記，

也是現在習近平的職務。但他不會像習近平那樣擔任中央軍委副主席職務，因為他並不是真正的『備胎』。」

從這裡人們倒是看清了江派是如何期望劉雲山保有權力的。從派系爭奪平衡的角度看，劉雲山依然留在中共官場，也是江派竭力爭取的結果。

劉雲山家族被曝坐擁數百億

2014 年 5 月，多家港媒引用中南海消息稱，劉雲山家族是現任中共中央七常委中貪腐最嚴重的家族，坐擁數百億的資產。

劉樂飛在其父劉雲山任中宣部副部長時，分到財政部綜合司工作，歷任首創證券執行董事、中國銀河證券總經理、中國人壽保險股 CEO。2008 年出任新成立的中信產業基金董事長兼 CEO，35 歲即管理四個基金，總規模達 350 億元人民幣。

劉雲山的二兒子劉樂亭同樣把手伸入商界，涉及藥品和保健品業、房地產業，是內蒙多家製藥企業的幕後老闆。據悉，劉家兩兄弟還幕後操控內蒙古著名地產商雅世春華公司，旗下地產項目遍及內蒙古多地，包括呼和浩特最大的房地產項目東岸國際。內蒙包頭市的東河區舊城改造也是劉氏兩兄弟旗下的公司奪得。

調查受阻 巡視組批新華社九大問題

據報導，中共中央第二巡視組組長李景田 2014 年 5 月表示，巡視組進駐新華社期間，受到各種各樣人為製造阻力，包括打出某資料是「絕密」、「機密」以阻調閱；搬出某高層已作出批示

禁調查；策劃、組織成員反對巡視組展開工作；以及巡視組成員
接獲政治威脅信件等。

中央巡視組巡視後，上報有關新華社九大問題。其中包括，
「熱中搞山頭、拉幫結私、均分非法經濟利益」；「長期扣壓來
自內部、外部舉報揭露信件，部分被銷毀」等。對於新華社的問
題，中紀委書記王岐山表示，新華社「自搞一套」這種局面要結
束了。此舉直接針對的就是劉雲山。

劉雲山利用文宣「綁架」習近平

早前報導表示，負責文宣口的江派常委劉雲山，不僅對習近
平當局的政策進行消極抵制、封殺，甚至「綁架」習近平向左轉，
不斷製造事端。

2013 年初爆發的「南周事件」，就是主管宣傳的劉雲山通過
其親信、廣東宣傳部長刪除了《南周》新年獻詞中的「憲政夢」，
令習近平難堪、輿論譁然。

隨後，劉雲山又通過中宣部發出《關於當前意識形態領域情
況的通報》，然後是之後被朝野炒翻天的「七不講」（不講普世
價值、新聞自由、公民社會、公民權利、黨的歷史錯誤、權貴資
產階級、司法獨立），以及「九號文件」與「高校通知」。

因不斷攪局，在 2013 年的一次政治局會議上，劉雲山遭到
習的斥責。王岐山主管的巡視組對新華社的巡視調查，被外界認
為是王岐山又一次幫習近平清理文宣口「障礙」。

第二節

傳芮成鋼供出劉雲山
驚人淫亂內幕

大陸 81 歲老作家鐵流在發表抨擊江派政治局常委劉雲山的文章後被以尋釁滋事罪刑拘，鐵流在文中披露劉雲山曾因淫亂被警告。

無獨有偶，不久網傳央視主持芮成鋼，因心理崩潰，全面交代了央視高層和劉雲山的貪腐淫亂等內幕。

鐵流發文起底劉雲山

2014 年 9 月 14 日劉曉原律師爆出消息：《往事微痕》創始人、耄耋右派老人鐵流及其祕書黃靜凌晨 1 時被以尋釁滋事罪刑拘，其妻任鴻芳稱網警揚言，事由是鐵流先生海外著文抨擊劉雲山。

2014 年 8 月 28 日，鐵流在海外媒體發表文章《鐵流：「破除枷鎖，啟蒙民眾」，必須清算劉雲山反改革罪行》。文章中首

次爆出中共「18 大」上江派硬塞劉雲山當常委、8 個民主黨派反對劉雲山當常委、劉因淫亂被警告、大發新聞壟斷買路財等黑幕。

劉雲山不但有大量財產說不清，而且其親戚與爪牙不是在海外住豪宅，就是在中國各地把持新聞口，對新聞與網站收買路放行錢。情況之嚴重，超過胡作非為的政法委。

文章稱，劉雲山出生於山西忻州，其父母曾在內蒙當官，是薄一波的部下。劉雲山在政壇崛起，一靠薄一波的栽培，二靠江澤民的提拔。劉雲山是周薄謀反集團的支持者，他長期支持薄熙來「唱紅打黑」，是周永康政變的密謀者。

文章中稱，據賀國強揭發，劉雲山任內蒙古自治區團委副書記時，曾因亂搞男女關係被自治區黨委警告。90 年代任中宣部副部長後，仍和多名女性保持不正常關係。

傳芮成鋼供出劉雲山貪淫內幕

2014 年 9 月 15 日，時政評論人士莊豐發表文章《挺鐵流！籲習近平盡快處理「淫棍」劉雲山》。作者稱，他先前撰文《劉雲山將在任期內被抓捕》，這個預言在未來數月內必然實現！他先前判斷的事件多數已應驗，在第一次發博中就明確預測習近平會清洗「筆桿子」。如今，芮成鋼事件的出現，可以讓「劉雲山的死期」確信無疑。

文章稱，鐵流的文章主要揭露劉雲山扼殺言論自由的惡性，其中也提到劉雲山荒淫成性，但未詳述。網路上一些爆料雖沒有明確點名劉雲山，但從發表時間及一系列事件相互印證來看，劉雲山毫無疑問是頭牌主角。

文章援引網路消息稱，曾經有人舉報，一位前宣傳部正部級官員，在北京高級會所參加富商組織的宴會當眾吃美女的人奶，引起軒然大波，之後新華社立即組織文章聲稱是造謠。不過前央視主播芮成鋼現在已經交代，這種事情的確發生過多次，當眾吃美女主持人奶的就是宣傳部的多位高官。

消息稱，芮成鋼交代了大量為中宣部高官拉皮條的問題。芮成鋼交代的有關宣傳部要員淫穢問題，已在網上傳開，對此主管宣傳的那位高官極為惱怒（因為當眾扒光美女主持人衣衫、吸吮美女人奶的也有此人在內），他親自下令嚴厲追查所謂造謠者。

後來被帶走的央視名主持，就是因為芮成鋼的交代。這位女主持與宣傳部主要負責人不僅有經濟上的問題，還有更多見不得人的淫亂行為。現在她已經交代出這位宣傳部主要負責人的大量嚴重問題，這個滿嘴道德詞藻的偽君子下台，已經注定。

消息人士透露：根據央視要員以及芮成鋼和其他主持人的招供，央視已經成為周永康所主管的政法高官和宣傳部主管的後宮，尤其是主管宣傳的 L 某淫樂享受的淫窟，這些年來，他所玩弄的女性超過 380 人。

劉雲山是芮成鋼的後台老闆

2014 年 9 月 13 日，大陸著名社交網站凱迪社區、搜狐社區紛紛引用消息人士的話披露：「芮成鋼在被控制時，氣焰極其囂張，他口氣強硬地拒絕回答辦案人員的所有問題，並且質問說：『你們知道我是誰嗎？你們知道抓我的嚴重後果是什麼嗎？我會叫你們吃不了兜著走！』他還質問辦案人員，『抓我，劉常委知

道嗎？』」

以上信息說明，芮成鋼和劉雲山的關係非同一般，劉雲山是芮成鋼的後台老闆。據稱，芮成鋼被紀檢帶走後，宣傳部主管馬上親自前往有關部門，要求他們立即放人。辦案人員不堪重壓，立即回報王岐山，最後王岐山拍板調查芮成鋼。

芮成鋼或被判處死刑的隱情

2014 年 9 月 8 日，實名認證為中共社科院副研究員，中東、軍事、反恐問題專家王國鄉在微博上發了一張附有芮成鋼照片的帖子。帖子中直指芮成鋼是特務，可能面臨死刑。

9 月 14 日，中共黨媒新華社突然以《芮成鋼遭爆料是特務 網友：若是真的必須嚴懲》的口徑對此消息進行報導，外界認為，這是變相承認芮成鋼諜案「或許是真的」。

11 月 2 日，「法廣」曾引述消息稱，中共總後勤部原副部長谷俊山、華潤集團前董事長宋林和芮成鋼會被拉出來重判，初步內定是死刑。

當時的輿論質疑，為何芮成鋼也要判死？有媒體披露，從中共高層獲得的消息表示，芮成鋼或被判死是另有隱情。

據《明鏡郵報》引述消息來源稱，芮成鋼是罕見的「公共情夫」，其情婦隊伍竟是可組成一個排的中共高官夫人。消息稱，在芮被查之後，竟有 20 多個保他心切的高官夫人紛紛致電中紀委，張羅著「撈人」。

報導稱，網傳芮成鋼是間諜，出賣中共情報，呼籲當局處決他，這並不是出於愛國義憤，而是有著一番不可見光的隱情。

2014 年 9 月，有海外媒體爆料稱，芮成鋼曾在審訊時最終服軟並聲淚俱下，稱遭中共政協前副主席令計劃之妻、57 歲的谷麗萍性侵。同時芮也已招供，有透過與谷的「特殊關係」獲取中共內部機密，並提供給外國情報機關。據報芮成鋼還涉及周永康案。

而據《匯報》的報導披露，除了與谷麗萍「姐弟相稱」，關係親密，芮的情婦隊伍足有一個排。現掌握的就有 20 多位中共副部級以上高官的太太與芮有染，年齡普遍比他大 20 至 30 歲。而芮均通過這些高官的「枕邊人」獲取大量中共內部機密。

消息人士透露，芮成鋼在被審訊中，初時態度極其囂張，竟威脅審訊人員說：他手上有與這些高官夫人性愛錄影帶。據稱，中共高官夫人荒淫內幕令人瞠目結舌。

報導還表示，被戴了綠帽子的一眾中共高官得知妻子紅杏出牆後，十分震怒，但礙於家醜不敢外揚，又恐懼被妻子洩漏的機密被供出，於是藉機指控芮是「間諜」，紛紛要求處決滅口。

第三節

必須清算劉雲山罪行

2014 年 8 月 28 日，鐵流在海外媒體發表文章《鐵流：「破除枷鎖，啟蒙民眾」，必須清算劉雲山反改革罪行》。鐵流在文章中揭露，劉雲山聽命江澤民，並在江澤民的死保下當上常委。在他眼中的劉雲山，「從未為國家民族做過一件好事」，是中國新聞出版貪腐集團的總後台，「是個『五毒』俱全的偽君子，無德、無才、無能、無操守、無品德，最大本事是吹牛拍馬，一味唯上，貪污腐化兼搞女人。」

另外，鐵流表示支持解除網禁，「封網刪貼是周永康、李長春、劉雲山等江澤民陣營的人主導的，而今這個幫派已氣數將盡，而以習近平為主的改革派力量還要藉助網路來公開江派的迫害罪惡，以便將來為清算審判他們做準備，故此解除網禁是一定的。」

「至於說怎麼解除，要配合對江派人馬的清洗進展程度，有計畫、有步驟地開放。近期百度頻繁短暫解禁『江澤民賣國』、

『器官活摘』等內容，就說明習近平是做好了這個準備，目前是試水溫的階段。」

鐵流表示，在 2014 年習近平出國訪問，7 月 23 日，《人民日報》發表周小平的文章《美國對華文化冷戰的九大絕招》，刻意曲解習近平在中共 18 大的報告，「把它篡改為向全世界開戰的『鬥爭』，包括爭奪資源、貨幣戰爭、爭奪市場、意識形態鬥爭、領土爭端、網路鬥爭、反民族分裂主義的鬥爭等。」鐵流形容在這篇不足 3000 字的文章中出現了七次「敵對勢力」，殺氣騰騰，猶如文革再現。

「這一切背後有一個關鍵人物，就是曾任中宣部長、現為中共常委主管全國意識形態沙皇、新左王劉雲山。」他直指劉千方百計控制宣傳輿論，欺騙民眾。

劉雲山人品極為低下，作風一無是處

「劉雲山中專學歷，以寫馬屁報導起家，中共內外對此人惡評如潮，其工作、人品、作風無一是處，民主評議得分墊底。北大教授夏業良稱之為『不學無術』，箝控國人思想、阻礙學術自由。在他主掌中宣部十年間，中國的新聞自由每況愈下，敢言媒體頻遭打壓，新聞自由淪為改革開放以來的最低點。」

鐵流在該文中還披露，「2012 年 3 月下旬，18 大籌備組徵詢民主黨派意見，8 個民主黨派一致反對劉雲山進政治局常委會。8 月上旬，48 名民主黨派中央主席、副主席以及前主席聯署致信中共政治局常委、中共 18 大籌備小組，第四次強烈反對把劉雲山列為常委候選人。」

鐵流提及,辛子陵曾說,前任常委賀國強堅決反對劉雲山入常。「據賀國強揭發,劉雲山在任內蒙古自治區團委副書記時,曾因亂搞男女關係被自治區黨委警告。90年代任中宣部副部長後,仍和多名女性保持不正常關係。至於他以權謀私,安排他的兒子劉樂飛冒充『金融神童』混跡金融界,最終執掌總資產一萬億的中國人壽,則更是盡人皆知的醜聞。他長期支持薄熙來『唱紅打黑』,是周永康政變的密謀者。」

劉雲山是怎麼竊取常委高位的

「劉雲山出生於山西忻州,其父母曾在內蒙當官,是薄一波的部下。劉雲山在政壇崛起,一靠薄一波的栽培,二靠江澤民的提拔。在中宣部副部長任上,他因拍江澤民馬屁,攛掇一位不識中文的美國銀行家庫恩撰寫《江澤民傳》被江賞識並得到重用,據說這本傳記的中文作者實際上是著名作家葉永烈。庫恩是一位精明的猶太商人,他把和劉雲山的關係看作『最具價值的投資』,藉著這層關係,他在北京成立了一個和央視合作的公司,任命劉雲山兒子的女友為總裁。這種權錢交易把中國特色的社會主義詮釋得淋漓盡致。」

鐵流還在文中表示,在18大上,劉雲山是在老左王吳邦國的力保之下,頂替倒台的薄熙來進入政治局常委會,頂下李源潮。

「18大電視實況轉播有一段時間中斷,就是因為江派硬要把此人塞進政治局常委會。劉雲山代表的是江派權貴階層,尤其是溫家寶命名的新『四人幫』的利益。該幫幫主是吳邦國,其他三人是賈慶林、李長春、周永康。這幫人的特點是:觀念陳腐,行

為乖張，以左為榮，個個貪腐。」

「劉雲山不但有大量的財產說不清，他的親戚與爪牙不是在海外住豪宅，就是在國內各地把握新聞口，對新聞與網站收買路放行錢。情況之嚴重，已經超過胡作非為的政法口。中共再任由劉雲山們胡折騰，恐怕就只能在僵化中加速滅亡了。」

劉雲山控制下的新聞出版現狀

「近十多年來中國新聞出版與電視在劉雲山控管與操縱下，沒有一張說實話言真相的報紙，也沒有一本立得住足的好書，更沒有一部好電影、好電視劇。新聞報刊除了時間年月是真實的，其他全是假的。電影電視不是低級庸俗的搞笑片，」鐵流還強調，必須徹底清算劉雲山在新聞出版早已形成的尾大不掉的腐敗史，必須把他家族上百億來歷不清的財產退還給國家人民。

第七章

劉樂飛的辭職

劉雲山令其子劉樂飛掌中壽、新華保兩大財團大肆斂財。並於7月與江派合謀集體做空 A 股，搭配中宣部新華社的「救市無效」論，引民心崩潰，釀嚴重股災，圖藉此於北戴河會議向習、李發難。劉樂飛的「被辭職」，是習、李給劉雲山的嚴重警告。

2015 年 7 月，劉雲山之子劉樂飛疑涉捲入做空 A 股而「被辭職」。
（新紀元資料室）

第一節

斯諾登僱主後台曝光：
江澤民孫與劉雲山子

　　以間諜罪被起訴的美國洩密者斯諾登，2013 年 7 月在俄羅斯過境區滯留多日尋找政治庇護國家，港媒披露其洩密動機和背景不單純，僱主後台疑為前黨魁江澤民之孫江志成和現任政治局常委劉雲山之子劉樂飛。

斯諾登首度現身俄機場尋助

　　2013 年 7 月 12 日，流亡海外、滯留多日在俄羅斯國際機場過境區的美國洩密者斯諾登（Edward Snowden）首度在莫斯科謝列梅捷沃機場的新聞會上公開現身，和他邀請的俄羅斯議員、官員以及人權機構代表、律師會面。

　　美國護照已被取消的斯諾登表示，打算向俄羅斯申請臨時政治庇護，並希望最終輾轉抵達拉丁美洲。俄羅斯總理普京的新聞

發言人佩斯科夫（Dmitri Peskov）表示，尚未收到斯諾登的申請。
他說，普京堅持斯諾登要停止洩露信息。但要想離境，斯諾登最
大的難題就是美國在全球布下的天羅地網和其強大的國際影響
力。斯諾登為何洩密？為何首先選擇逃往中共影響力下的香港？
一直是個謎。

斯諾登僱主與中共高層紅二代的聯姻

香港《亞洲周刊》撰文曝光了斯諾登此前的僱主博思艾倫
（Booz Allen Hamilton Holding），美國情報機構最大的外包商，
其背後財團為凱雷投資（Carlyle Group），而凱雷投資與中共高
層後代以及中共國企之間有著千絲萬縷的密切關係，包括現任中
共中央政治局常委劉雲山的兒子劉樂飛和前中共總書記江澤民的
孫子江志成，令外界為之驚愕的同時，也從另外一方面反證斯諾
登事件可能是中共高層內鬥白熱化被拋出的一顆棋子的傳聞。

文章中表示，經調查發現，博思艾倫的母公司是著名的凱雷
投資，該公司自 1987 年成立以來，在中國大陸經營業務多年，與
中共高層及中共國企關係密切，曾被中創集團（China Venture）評
選為 2009 年度中國最佳私募股權投資機構第一名。凱雷集團是目
前全球規模最大和產品最多元化的全球另類資產管理公司之一。

凱雷與中共高層紅二代及國企的連結，則是通過一家成立於
2010 年名為中國信達資產管理股份有限投資公司（下稱信達）。

信達的來頭非同小可，它是經過中共國務院批准，由中共財
政部牽頭的非銀行金融機構，註冊資本高達 251 億人民幣，兩年
後（2012 年）經全國社保資金和中信集團旗下的中信資本以及兩

家外國公司融資後，註冊資本高達 301 億人民幣。

2013 年信達融資中又同時引入了另外兩家公司，其中一家就是凱雷投資，而另外一家是江澤民的孫子江志成於 2011 年在香港成立的博裕投資顧問有限公司。

盤點信達融資中與之聯姻的公司，就知道它在這其中扮演了極其關鍵的作用。自此凱雷和中信集團、博裕投資搭上關係。其中的利益關係可見一斑。

作為最大型的國資企業，中信集團的紅色背景不言而喻，其負責人曾包括中共原國家副主席榮毅仁、著名紅二代秦曉曾任中信總經理、孔丹曾出任中信董事長。而如今負責中信集團旗下基金操作的中信產業投資基金管理有限公司，其掌門人為現中共中央政治局常委劉雲山的兒子劉樂飛。

反觀凱雷集團，根據博思艾倫向美國證監會提交的文件顯示，該公司的客戶包括美國陸軍、空軍、海軍、海軍陸戰隊、美國國家航空航天局、國土安全部、內政部及多個情報機構。其中，博思艾倫與美國海軍的合作已經超過 70 年，而該公司於 2008 年將旗下的政府諮詢業務出售給了凱雷集團，隨後該業務更名為 Booz Allen Hamilton Holding，即斯諾登所供職的博思艾倫。

江志成公司募集 15 億美元

江澤民的長孫江志成在香港低調成立博裕投資。根據香港公司註冊處資料，博裕前身為博裕資本有限公司，後改名為博裕投資顧問有限公司。博裕資本的註冊時間為 2010 年 9 月 28 日，首任董事為江志成，目前沒有公開資料披露江志成在博裕的具

體持股份額。時年 24 歲的江志成究竟持有多少博裕的股權還是一個謎。

路透社 2013 年 6 月 28 日發自香港的報導稱，江志成掌控的博裕投資已經宣布將會進行第二期募資，目標為 15 億美金，而且目前多家 LP 承諾出資的金額已經超過了這一數目。

根據亞洲創業投資期刊數據顯示，2012 年中國 PE 機構募集美元基金下跌 76％至 41 億美元，到 2013 年發刊時，只有 7 支美元基金完成募集，金額為 17 億美元。在這樣的大背景下面，博裕投資卻得到了多家 LP 的承諾，表現出強勁的募資勢頭，令人關注。

據《華爾街日報》的報導，博裕投資的聯合創始人包括：曾任德州太平洋投資亞洲區董事總經理的馬雪征、曾任平安集團總經理的張子欣和私募股權公司前董事總經理童小蒙等。

但最引起外界關注的仍是此後加入的中共前黨魁江澤民長孫江志成。1986 年生的江志成是江綿恆的兒子，畢業於美國哈佛大學經濟系，加入博裕之前，供職於高盛的直接投資部門 PIA（Principal Investment Area）。

中國網路作者劉先生告訴自由亞洲電台，江志成加入博裕時才 24 歲，但他的經商之路和他父親基本相同：「江志成是江綿恆的兒子，這基本上和他父親差不多。當年江綿恆也是通過關係找到錢投資網通，然後成為中國通信業的霸主。」

劉先生介紹說，金融投資是中共高官子女集中度最高的領域，中國權貴階層裡的高層太子黨成員，基本都是通過金融投資和企業股權買賣成為巨富，包括王震、江澤民、李鵬、周永康和曾慶紅的子女。

「所謂投資就是低買高賣。比如曾慶紅的兒子曾偉，先是7000萬投資山西煤礦，然後重新評估說值30億，再拿這30億投資魯能，再把魯能評估成上千億。那些太子黨基本上不做實業，甚至連房地產也不願意搞，太麻煩。都是通過股權投資，周期短、賺錢快。」

斯諾登洩密之謎或解

斯諾登從洩密以來，留給眾人許多不解之謎。第一，為什麼斯諾登選擇香港作為落腳點，而非他認為的理想庇護國冰島或者直接去厄瓜多爾？

第二，分析稱，種種跡象表明斯諾登是有計畫、有預謀的選擇了在習近平與奧巴馬會面的時候高調洩密，這個時機正好是給習近平難堪的時候。

第三，斯諾登在洩密後滯留在香港長達半個月的時間裡，中共的態度曖昧，而最後卻含糊的在其護照被美國取消了之後還能讓其登機去莫斯科，葫蘆裡賣的什麼藥？《亞洲周刊》的報導似乎給出了一個合理的分析。

旅美政論家曹長青在接受「希望之聲」國際廣播電台採訪時表示，斯諾登之所以選擇香港作為藏身之地而且選擇中美首腦會談這樣的「時機」，是「因為正在美國譴責它，讓它解釋的時候，它拿出美國國家安全人員的話說，你們在攻擊我們的網路。所以這個背景的確令人懷疑，不排除有中共人員教唆、誘惑斯諾登，來詆毀醜化美國，降低美國對中共軍方攻擊美國網路的指責和批評。所以他才選擇逃去共產黨的地盤藏身。」

　　而後來為什麼又不留下斯諾登則是「因為美國朝野對斯諾登事件反應強烈，在這種情況下，如果中共給予斯諾登庇護，等於默認他們背後搞鬼，並等於跟美國全面攤牌。」「按道理，斯諾登已被美國國務院取消了護照，無合法登機手續，如果沒有香港政府通知海關和機場，沒有黑箱作業，斯諾登根本沒有可能合法登機從香港出境（飛去莫斯科）。」

　　時政評論員周曉輝則一針見血指出：「斯諾登在逗留香港一月多月後，突然選擇離開香港，與其背後推手江系希望利用斯諾登達到攪亂中共政局、恐嚇美國的目的落空緊密相關。」同時也因為「同意美國引渡斯諾登，對江系和受其操縱的港府而言最為不利。因為一旦斯諾登被引渡回國，他們與其之間見不得光的勾當很可能曝光，而讓斯諾登隱匿在美國人無法找到的地方，則最讓他們放心。」

　　港媒披露了斯諾登事件發生後，中共 2013 年 6 月 10 日成立突發外事工作小組的一些內幕。外事辦、外交部內部，軍方、情治部門，直至中央政治局內部對事件有多種取態，最終決定送走這塊「燙手山芋」。此外美國也一直在調查斯諾登事件中的中共角色。

　　周曉輝表示，無論如何，最後的輸家其實還是斯諾登自己，應驗了《大紀元》社論《九評共產黨》裡面的一句話：「誰在什麼問題上相信了共產黨，就會在什麼問題上送掉小命。」

第二節

中國人壽正副總裁辭職
牽扯劉雲山之子

2014 年 3 月 25 日，就在人們驚訝於三峽集團公司董事長、總經理被同時撤換的第二天，被稱為「A 股虧損大王」的中國人壽集團的正、副總裁在同一天辭職。大陸國有企業高強度的密集性人事變動，讓很多人意識到，一場國企高層人事巨變正在發生。

中國人壽高層的大變動

中國人壽 2014 年 3 月 25 日公告稱，總裁萬峰因工作變動，即日起辭去總裁職務，並轉任為非執行董事兼副董事長，而副總裁劉英齊亦同日以工作變動為理由辭去職務。除正副總裁換人外，國壽集團還出現三大變動：電商公司董事長兼總裁劉英齊接替劉健出任國壽財險總裁，股份公司副總裁劉家德出任養老險公司總裁，國壽資管副總裁崔勇接替劉英齊出掌電商公司。

據悉，2012 年初，中國人壽集團、人保集團、中國太平保險集團和中國出口信用保險公司四家保險公司升為副部級單位，其組織關係及人事權統一由保監會移至中組部。

現年 56 歲、執掌中國人壽股份公司近 7 年的萬峰，資歷頗深，先後在中國人壽吉林分公司、深圳分公司、香港分公司、香港太平人壽任職，2003 年起出任中國人壽股份副總裁，2007 年 9 月正式出任中國人壽保險股份有限公司總裁。

此次接任國壽股份總裁的林岱仁，歷任中國人民保險公司江蘇省分公司人險部副經理、人險處副處長、處長兼南京人壽保險股份有限公司副總經理等職。1996 年至 2003 年期間，歷任中保人壽保險有限公司江蘇省分公司、中國人壽保險公司江蘇省分公司副總經理、總經理、黨委書記。2008 年 10 月起擔任國壽股份執行董事。

辭去副總裁職務的劉英齊，2003 年 8 月至 2006 年 1 月擔任中國人壽監事會主席，2006 年 1 月起擔任中國人壽保險股份有限公司副總裁。

面對中組部掀起的國壽人事大地震，雖然其業績比去年盈利升逾一倍，但券商對國壽的業績普遍不看好，其中瑞信調低評級，指國壽缺乏增長動力，新增業務價值增長緩慢，總裁又辭任，有多項負面因素。3 月 25 日國壽股價報收 21.25，略增 0.47%。

中國人壽和劉雲山的幕後交易

這次對中國人壽的大洗牌，發生在中石油、中石化、中移動等國企巨無霸的連續人事變動之後，被稱為是中共兩會後央企地

震的第一波。除此效應外，人們從中還看到中國人壽背後牽扯劉雲山的家族利益。

2004 年 8 月，劉雲山將年僅 31 歲的兒子劉樂飛安插到大陸最大的機構投資結構——中國人壽保險股份有限公司，任投資管理部總經理，負責掌管超過 5000 億元保險資產投資運用。當時萬峰和劉英齊都是公司的副總裁，對錄用劉樂飛起到了關鍵作用。

由於有父親劉雲山、岳父賈春旺的關係網庇護，劉樂飛自 2006 年 7 月起擔任新設立的中國人壽首席投資執行官。劉樂飛 2008 年離職後，中國人壽取消了首席投資官職位，由此可見這個職位是專門為劉樂飛所設立。2012 年底，劉樂飛再次回到中國人壽任職，此時中國人壽的總裁和副總裁分別是萬峰和劉英齊。

從這些蛛絲馬跡中可以看出，中國人壽高層人士大變動的背後，閃現著劉雲山家族利益的影子。《新維月刊》2012 年 2 月號曾刊登封面文章《劉雲山子的百億王國》，而近來劉雲山權力的敗落，也成了人們關注的話題。

劉雲山的權力被架空

劉雲山當時是 18 大最具爭議的入常人選之一。中共黨內外對劉雲山的工作、人品、作風劣評如潮。據港媒報導，劉雲山在 18 大中央委員選舉時得票倒數第一，雖然劉得票最低，卻照樣「入常」。

劉雲山是江澤民的親信，據媒體報導，劉雲山當年被江澤民看重，一個很重要原因就是，劉雲山執掌中宣部之後比前任丁關

根更保守，對付異見人士手段強硬，在網路控制上更加嚴厲。中國大陸近十年來萬馬齊喑與他高壓箝制言論的惡行關係甚大。早前有民眾在網路揭露說，劉雲山兒子掌管兩家大財團大肆斂財，實現其竊取國家資財的終極目的。

18 大後，有消息稱，習近平和王岐山「反腐」從金融行業高官開始，目標對準了金融領域的私募基金案，劉雲山、李長春家族首當其衝。

中共兩會後，特別是 2014 年 2 月 27 日，習近平、李克強分別出任中央網路安全和信息化領導小組組長與第一副組長，劉雲山排在李克強之後，這標誌著劉雲山的文宣權力部分被奪。而 3 月 24 日，中共文化體制改革工作會議上，中宣部部長劉奇葆和副總理劉延東分別以小組組長和副組長身分出席並講話，這令劉雲山在文宣系統的權利再次被架空，假如中國人壽的問題繼續深挖下去，劉樂飛的種種劣跡也就會浮出水面。

第三節

劉樂飛涉股災「被辭職」
劉雲山孤注一擲頻挑釁

2015 年 7 月，劉雲山之子劉樂飛突然辭去新華保險公司非執行董事等職務。海外傳聞劉樂飛係因涉嫌捲入在這次股災中做空 A 股而被當局抓住把柄而「被辭職」。此前中國股市再次出現暴跌行情時，劉雲山掌控的黨媒立即火上澆油稱「崩潰再現」，隨後又在習近平確定訪美時刊文大批美國民主「虛偽」，被輿論視為劉雲山孤注一擲挑釁習近平的舉動，是江派要在北戴河會議上藉經濟問題向習、李發難的前奏。

2015 年 7 月 27 日，中國大陸股市滬深兩市再次出現暴跌行情，滬指跌幅達 8.48％，創 8 年來中國股市的最大單日跌幅；深圳股市指數則下跌了 7％。作為中共政治風向標之一的喉舌媒體新華社，當日在其經過認證的 Twitter 帳號上發帖稱「崩潰再現！」並罕見一反黨媒報喜不報憂的慣例，直言在大陸上市的公司中約 2/3 的股票暴跌超過每天 10％的下限，被輿論質疑與 7 月 7 日 A

股危如累卵時發出「救市無效」之言一樣，有意對中國股災「火上澆油」。

中共當局對喉舌媒體的掌控十分嚴厲，像新華社這樣具有風向標特質的官方媒體，其遣詞造句一向以中共當局的政治意圖馬首是瞻。但這次中國股市爆發股災以來，新華社卻罕見一而再地發出與北京當局宣示「救市」完全背道而馳的聲音，令外界頗感意外。海外有輿論認為，這是主管中共文宣的劉雲山在趁機攪渾水，為江派在北戴河會議上攻擊習、李作鋪墊。

除此之外，還有一個類似的現象值得注意：2015年7月22日，中共官媒報導了習近平於21日應約同美國總統奧巴馬通電話，確定將於9月對美國進行國事訪問的消息。

據報導，習近平在通電話時對奧巴馬表示，當前中美關係總體發展「良好」，奧巴馬則回應說，美國人民和他本人正期待著歡迎習近平的這次國事訪問，今後一段時間，美方將同中方積極協商，確保訪問取得豐富成果。此後，北京方面在美國本地開始營造習近平訪美前的合作氣氛。然而，7月26日黨媒《人民日報》卻突然大唱反調，在5版整版刊文談「美國民主遭遇困境」，大批「美國政治運作被金錢左右」宣稱在這一制度下，美國民眾的收入和財富逐漸減少，政客卻變得越來越富有。

時事評論人士陳思敏指出，據公開資料，無論從富豪總量、比例還是個人財富和資產總量來看，中共兩會的富豪與美國比較，有過之而無不及。美國排行居首位的最富有議員，個人財產僅相等於中共代表委員富豪榜的第166位，反觀排在頭18位的中共兩會代表，淨資產超過了美國國會全部535名議員、最高法院9名大法官、奧巴馬政府所有內閣部長加起來的財富總合。

　　但《人民日報》大費周章地去操心美國民主是否遭遇困境，卻不敢去監督、挖掘、真相報導股災的內幕。在網路時代，黨媒還用幾十年前的宣傳套路愚民，不是因為太弱智，是「上面」有令，不得不從。而這「上面」，想必少不了在股災後父子兩人都被盯梢的劉雲山。

　　此前，正當習近平當局派兵遣將嚴查股市惡意做空黑手之際，7月21日，劉雲山之子劉樂飛突然辭去新華保險公司非執行董事、董事會戰略與投資委員會委員、董事會提名薪酬委員會委員職務的消息傳出。當時，新華保險公司的公告稱，劉樂飛的辭職自其辭職報告送達董事會之日起生效。劉樂飛確認其與公司董事會並無意見分歧，亦無任何需要通知公司股東的事項。

　　隨後，有外媒消息稱劉樂飛辭職與車峰案有關。同時接近中共財經高層的知情人士主動向海外中文媒體透露說，在前一段時間嚴重的股災爆發時，江派掌控的各大企業都集體做空A股，造成今次大面積股市大跌，據說因補倉不及時，有把柄已經被習近平當局掌握。劉樂飛等人均是幕後操盤手，劉相關企業在大跌前已經減持了不少股票。車峰為中共前央行行長戴相龍之女婿。

　　值得注意的是，就在新華網發布的市場直播文章稱「救市無效」引發輿論譁然的7月7日這天，滬指盤中跌破3600點，1700支股票跌停。但保險類和銀行股卻逆市大漲——和劉樂飛有密切關係的中國人壽漲6.98％，新華保險漲4.63％，中信銀行與中行、建行、民行都漲停，部分股價創7年新高。

　　據此，有分析指出，種種跡象顯示，劉樂飛的「辭職」，實際是「被辭職」，這是習近平給劉雲山一個嚴重警告的信號。

第四節

陸媒追報中信證券內幕 牽扯劉樂飛

　　2015 年 9 月，中信證券董事兼總經理徐剛等 8 人涉嫌違法證券交易被調查後，「中信證券涉惡意做空」和外資的傳聞引發關注。大陸媒體披露中信證券內部「防火牆」對高層來說形同虛設，確有內幕交易之嫌；徐剛被認為很難令人相信是為其個人利益進行內幕交易。另有評論認為，可通過地下錢莊和貿易兩種方式引入巨額外資做空大陸 A 股。

　　「財新網」2015 年 8 月 30 日消息，因涉嫌內幕違法交易，中信證券執行委員會委員、董事總經理徐剛，中信證券執行委員會委員、金融市場管理委會員主任劉威，證券金融業務部負責人房慶利和另類投資業務部總監陳榮傑等 4 名高管，被採取刑事強制措施，他們都承認了犯罪事實。

　　同日，中信證券董事長王東明、總經理程博明在發給公司員工的內部郵件中承認，中信證券正面臨著重大考驗，需要整改公

司業務問題。

中信證券「防火牆」形同虛設

《時代周報》2015 年 9 月 8 日報導，深圳圓融方德投資管理有限公司董事長冉蘭在接受採訪時稱，證券公司內部如研究部、投資部等各部門雖然設有防火牆，但公司高層卻可以穿過防火牆匯總利用所有信息，一旦用以謀私即可發生「內幕交易」。

針對中信證券高管被調查的消息，有評論稱，一個負責股票，一個負責固定收益，一個負責客戶，足以成立一新的證券公司了。有多名私募人士也認同此評論。

深圳某券商高層披露，中信證券是大陸股災救市的主力，因此能獲得完整的全部救市數據。「在洞悉國家隊交易的詳細數據的前提下，其內幕交易將相當方便。」報導稱，從中信證券救市時買入股票的情況來看，也確有內幕交易嫌疑。

對於中信證券執行委員會委員、董事總經理徐剛涉嫌違法證券交易，一不願具名的中信內部人士表示，徐剛主管的經濟業務部是中信證券投資的核心部門，或許會在救市過程中洩露信息，但很難相信他為謀取個人利益進行內幕交易。

中信證券官網信息顯示，徐剛不僅是執行委員會委員、董事總經理，還擔任經紀業務發展與管理委員會主任（分管本公司全球經紀業務）、戰略規劃部行政負責人。劉雲山長子劉樂飛是中信證券執行董事、副董事長。曾於 2008 年至 2012 年擔任該公司董事，2013 年再次加入中信證券。

中信證券 2014 年度報告顯示，劉樂飛擔任中信證券執行董

事、副董事長，任期 2013 年 12 月 19 日至 2015 年 6 月 19 日。徐剛，
執行委員會委員，任期 2012 年 6 月 20 日至 2015 年 6 月 19 日。

　　海外媒體博聞社 8 月 26 日報導，2014 年 3 月 18 日，中國
證監會批複同意劉樂飛擔任中信證券副董事長。中信內部人士披
露，劉樂飛就是徐剛的頂頭上司。

中信證券涉嫌做空？

　　據《時代周報》報導，中航系掌門人、中航工業董事長林左
鳴曾稱：「這是一場有預謀、有準備的惡意做空，是來勢洶洶的
針對中國 A 股發起的一場經濟戰爭。」中央財經大學教授劉姝
威也認為，大陸 A 股暴跌是有人精準選擇時間點，蓄意做空大
陸股市。

　　報導援引某券商高層披露，做空 A 股一般通過同時操作現貨
和期貨來實現。在國內現貨市場股價偏高時，境外資金先是賣空
股指期貨，在利用打壓現貨市場，通過做空股價獲取暴利。而境
外資金可通過 QFII（Qualified Foreign Institutional Investor，合格
境外機構投資者）、收益互換和偽裝成貿易資金等途徑進入中國
大陸。

　　另有一北京不願署名的私募人士透露，因 QFII 規模有限，
境外資金可通過地下錢莊和貿易方式兩大途徑進入 A 股，並靠大
手筆買賣做空股市。數名基金、證券人士認為，如果中信證券與
境外基金有關係，很有可能是通過私人關係洩露市場交易信息，
讓境外基金獲利。

　　中共新華社等官媒 8 月 24 日稱，公安部確認地下錢莊是股

市資金違法流出境內的重要管道。大陸澎湃新聞 8 月 29 日消息稱，8 月 24 日，針對近期大陸股市再現異動暴跌現象，中共公安部副部長孟慶豐在電視會議上聲稱，從即日起至 11 月底，徹查大陸地下錢莊。

曾慶紅家族深涉地下錢莊洗錢醜聞在 5 月 29 日被海外網站博訊曝光，中共公安部 24 局（即緝私局）接到多省市緝私局分支機構和各地檢察機關政府部門公務員的實名舉報，哈爾濱仁和地產在澳門、珠海、北京、上海、河北、黑龍江等地非法集資洗錢。案件內幕涉及曾慶紅家族。

哈爾濱仁和房地產老闆戴永革在北京期間，結識了曾慶紅之子曾偉。隨後，戴永革不但在澳洲為曾偉購買該國最好的房產，還將仁和集團 40% 股份無償轉讓給曾偉妻子蔣梅。

2010 年，戴永革轉向澳門賭場，以此作為洗錢機器。經與蔣梅商量，在大陸各地成立地下錢莊，專為高官、大陸富人提供海外轉移資產服務。據稱如存入 100 億，戴家就至少得到 1 億，其中 4000 萬歸蔣梅所有。

戴永革與蔣梅等人在深圳、珠海、大連、北京、上海、長沙大規模非法集資洗錢，非法獲利和轉移資產超過 1000 億。

大陸「財新網」6 月 4 日曾報導，戴相龍女婿車峰 6 月 2 日在北京被查。此前有媒體報導，車峰曾獲得上海浦東香格里拉酒店附近一塊約 2.6 萬平米、價值 6 億元的地皮，通過曾偉的海外基金轉售，獲利 60 多億元。

香港「東網」6 月 25 日援引報導稱，原中共央行行長戴相龍女婿車峰案涉及劉雲山家族。劉雲山妻子李素芳、長子劉樂飛與車峰關係密切，他們經常「借用」車峰私人飛機。

第七章 劉樂飛的辭職

郭美美案的中南海絞殺

第八章

紅會賣器官

紅會利用捐獻器官私下謀利，其中三分之二去向不明。但相較為數達百萬法輪功學員器官遭活體盜摘的滅絕行徑，實乃小巫見大巫。這場活摘罪惡是江澤民親自下令，中常委、中央軍委高層涉入，在全國進行。腐敗加一本萬利，活摘黑手還伸向了一般百姓。

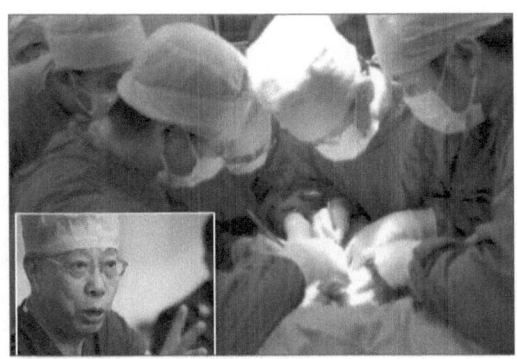

前中共衛生部副部長黃潔夫與紅十字會共同推行器捐試點、OPO、COTRS 系統，別有用心。（大紀元合成圖）

第一節

中國紅會賣器官 小巫見大巫

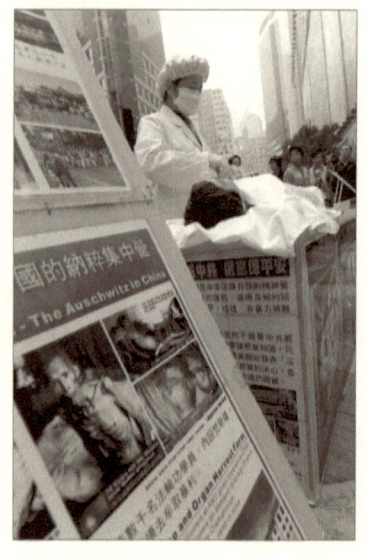

2006 年中共活摘法輪功學員器官罪行曝光至今，大陸的活摘依然在黑暗中進行。（AFP）

　　回頭再說郭美美。2013 年郭美美很吸引眼球。一句冒充她微博裡的話就嚇得紅十字會「不敢動她一根毫毛」，然而，就在人們痛罵紅會惡行時，更大的邪惡卻躲在後面猙獰地狂笑……

　　中共勞教所、軍隊猖狂活摘法輪功學員器官，數量在數百萬人的規模上，而紅十字會拿民眾捐獻的幾百個器官賣錢，相比之下，紅會的惡行真是小巫見大巫，或者說是捨卒保帥，捨棄小鬼保大鬼。

紅會拿捐獻的器官賣錢

2013 年 7 月 8 日，《新京報》發表了《中國三分之二捐獻器官由紅會掌控醫院使用需先捐款》的深度報導，質疑紅十字會涉嫌利用民眾的器官捐獻私下謀利。文章稱，「三分之二器官未進入衛生部的系統分配，地方紅會占有器官捐獻資源，被指向移植醫院認捐，未公開款項」。

中國每年至少有 30 萬人在醫院等待器官，但只有一萬人能有幸找到匹配的器官做移植手術。儘管法律規定器官是無償捐獻，但由於管理混亂，大陸「器官因缺而貴」，在一些地方，病人要做一個肝臟移植手術，器官費用約 4、50 萬元，在南京是十幾萬。

在廣東，深圳紅十字會有三名專門的器官協調員，他們和醫院聯繫，當有病人瀕臨死亡而且有可能捐出器官時，他們就把這些人的信息告訴能做移植手術的醫院。但移植醫院必須給紅十字會捐款後才能得到這些器官。

據廣州軍區廣州總醫院的器官獲取組織 OPO 的工作人員表示，深圳紅會一般介紹一個器官，收取醫院 10 萬元的「強制性捐款」，而且捐款後沒有用途明細表，不知這 10 萬元多少是救濟了捐款人家屬（大陸一般給捐獻器官的死者家屬 2 萬元的人道救助資金），多少支付了紅十字的手續費（一般說是 5000 元），多少用於償還捐款者生前欠下的醫藥費（這是紅十字會的解釋藉口，不過據知情人透露，紅會尚無專項救助基金來支付醫藥費欠款，只能通過媒體呼籲好心人捐助），多少去向不明。

在江蘇，移植醫院給當地紅十字會「捐獻」價目是 5 萬元一

個器官。不過紅十字會得到捐款後，「並不做事」，很少見他們宣傳鼓勵民眾捐獻器官。按照大陸政府的規定，「醫院自己做不了捐獻，必須有紅會做協力廠商見證和監督。」以免有器官交易出現，不過令人諷刺的是，如今拿器官做買賣的正是紅十字會。

捐贈器官僅三分之一進入分配系統

文章還談到器官分配中的亂象。國際上通行的是按照患者的病情和等候時間來決定，「為解決這些亂象，2009 年，衛生部委託香港大學李嘉誠醫學院的研究人員，研發一套自動分配器官的計算機系統，以做到器官分配的公平、公正，期望改變器官移植領域背後被公眾質疑『有權、有錢才能獲得器官』的潛規則。」

「這套系統要求醫院 OPO 在獲取器官後，將器官的相關信息輸入電腦。隨後系統會根據一定原則進行分配。該系統已投入運行兩年，但它並沒發揮人們所預想的作用。中國人體器官捐獻管理中心提供的捐獻數據顯示，截至 2013 年 5 月，全國完成器官捐獻總數 2250。而深圳 OPO 會議上的一份報告顯示，只有約三分之一的捐獻進入自動分配系統。」比如在江蘇，全省實施的器官捐獻，基本不是由計算機自動分配，而由省衛生廳來人為地協調分配，基本都去了同一家醫院。

文章還說，來自國家器官分配與共用系統研究中心的消息顯示，目前有 70 多家醫院的 OPO，使用了分配系統。而按衛生部規定，164 家有器官移植資質的醫院，都應該設立 OPO。也就是說，其中有超過半數的醫院違背了國家規定。業內人士稱，衛生部於 2012 年已開始擬定文件，將對繞開系統、自行分配器官的

進行處罰，但至今沒見這個文件出台。

這篇文章主要是從揭露紅十字會貪腐黑幕的角度來寫的，然而紅會只能觸及到 2010 年後中共衛生部掌管的民眾自願捐獻器官這一小塊，相對於軍隊、司法系統獲取的器官，衛生部拿到的器官不到總數的三分之一，而紅會只能拿到這三分之一中的三分之一，即九分之一，更多器官的來源還是黑幕重重。

紅十字會常務副會長趙白鴿透露，中國自 2010 年 3 月人體器官捐獻試點工作開展以來，截至 2013 年 2 月 22 日，共實現捐獻 659 例，捐獻大器官 1804 個。而在此之前，特別是 2003 年到 2006 年，大陸器官移植總量是幾十萬，這 1804 相對於幾十萬，百分之一不到，可見大陸器官黑幕之深。

官方公布的移植數量至少壓縮了 47 倍

2013 年 5 月 11 日，在深圳首屆器官獲取組織（OPO）會議上，前中共衛生部副部長、中國器官移植（OTC）的掌門人黃潔夫放聲宣告，依靠新啟動的「器官分配與共用系統（COTRS）」的建立和使用，今後大陸器官分配皆可溯源，用民眾的遺體器官捐獻，在兩年內取代過去的死囚犯的器官剝奪。

然而，黃潔夫這話是在欺騙愚弄外行人，大陸人體器官的來源與分配早就是有案可查的，能夠溯源所有的來龍去脈，只不過很多是非法強制摘取所謂死刑犯的器官，從而無法公開。

據《大紀元》專欄作家陳思敏調查，大陸在器官移植科學登記系統方面，早已建立了「中國肝移植註冊」和「中國腎移植科學登記系統」。前者由香港大學外科學系瑪麗醫院肝臟疾病研究

中心管理，後者由中共解放軍第 309 醫院（解放軍總參謀部總醫院）全軍器官移植中心負責。按規定，各移植醫院應將進行手術的情況上報給器官移植科學登記系統，但現實中卻存在監管疏漏與不透明。

這裡說的香港瑪麗醫院肝臟研究中心，其實就是《新京報》提到的香港大學李嘉誠醫學院，其負責人叫王海波，是中國器官分配與共用系統總設計師。2009 年他們受黃潔夫的衛生部委託，開始搞了這套計算機分配系統，但並沒有真正啟起。

比如大陸做肝臟移植最多的醫院——由沈中陽主持的天津市第一中心醫院的器官移植中心，該中心官方簡介中稱，在 2010 年該中心進行約 330 例肝臟移植手術，但顯示在「中國肝移植註冊」網站首頁上的只有 7 例。兩者相差了 47 倍。

王海波和沈中陽都拒絕解釋為何差距這麼大。但知情人說，是因為這 330 例中，只有 7 例是能夠拿出檯面的，其餘可能都是強制摘取法輪功學員或其他人員的器官。

2011 年 1 月 27 日，《光明日報》網站「光明網」發表了題為《沈中陽：移植希望，讓生命堅強》的文章，裡面稱，從 1999 年到 2011 年，「他所領導的移植中心創下了連續 12 年成功完成近 6000 例肝移植術的奇蹟，數量占全國肝移植總例數的四分之一。」12 年移植了 6000 個肝臟，平均每年 500 個，扣除節假日，一年的工作日大概是 220 天，也就是說，一個小小的天津一中院，平均一天完成兩台肝移植，這麼多肝臟從何而來的呢？這些移植手術都是不敢公開其來源和移植走向的。

大陸除了有香港醫院搞的肝移植登記系統，還有軍隊搞的腎移植登記系統。官方資料顯示它是「根據國務院令第 491 號《人

體器官移植條例》和衛生部 2008 年 8 月 11 日下發的《衛生部醫政司關於建立肝臟、腎臟移植數據中心有關問題的通知》精神而設立的。」「解放軍第 309 醫院（解放軍總參謀部總醫院）為腎移植科學登記管理系統（CSRKT）數據中心。」

不過這個數據中心卻從不對外公布其收集的數據。309 醫院全軍器官移植中心主任石炳毅受訪時宣稱，他們的系統覆蓋全國所有具備腎移植資質醫院的全部手術資料，當然也包括「器官來源的信息」，但他說：「所有的資料都不公開，從 OTC 得到允許才能看。」但 OTC 從來不允許人查看這些資料。

按照國際慣例，這些數據中心都應該將每例器官的獲取、分配和移植手術的詳細信息，發表在網上公開供外界檢閱查詢。衛生部在 2009 年搞出的這兩個肝臟腎臟登記系統都不能對外公開，為何今日又要和臭名昭著的紅十字會搞出新的 COTRS 系統呢？

其實答案不複雜，就像我們前面分析的，這個建立在民眾捐獻器官的 COTRS 系統是能夠拿到檯面上的器官，而背地裡真實進行的那些器官移植，就被隱藏起來了。就如天津一中院那樣，把醫院簡介裡的 330 例，只上報了 7 例，隱藏 47 倍。其實，醫院簡介裡的數字已經比真實移植數量壓縮了很多倍。

勞教所、監獄、軍隊 活摘法輪功學員器官

自從 1999 年中共打壓法輪功以後，大陸器官移植數量就呈現蘑菇雲一樣的劇烈增長，唯一原因就是強制摘取法輪功學員的器官，把人迫害致死的目的就是要摘取器官。大量證據證明，這是這個星球上從未有過的邪惡。2012 年 2 月 6 日前重慶市公安局

局長王立軍出逃美國駐成都總領館時，就攜帶了活摘法輪功學員器官的證據。

2006 年 3 月，繼兩位證人指證設在瀋陽市的蘇家屯醫院活體摘取法輪功學員器官之後，一位瀋陽老軍醫向《大紀元》獨家爆料說：「蘇家屯地區的醫院僅僅是全國 36 個類似集中營的一部分，在我接觸的資料中中國最大的法輪功關押地在吉林，只有代號是 672-S，關押人數超過 12 萬。」

瀋陽老軍醫透露說，「中共中央同意將法輪功作為階級敵人進行任何符合經濟發展需要的處理手段，無須上報！也就是說法輪功如同中國許多的重刑犯一樣，不再是人，而是產品原料，成為商品。」由他經手、假冒法輪功學員家屬在器官移植書上偽造簽名的，就有 6 萬份。他表示，官方公布的移植數量只是真實數量的十分之一不到。

2013 年 4 月 24 日，在美國國家記者俱樂部舉辦的一場新聞發布會上，曾於 2009 年 10 月期間遭受馬三家勞教酷刑的法輪功學員王春英以親身經歷指證說：「2009 年的 6 月份，我和信淑華關在馬三家一大隊的二分隊。她跟我說她那次進馬三家的時候，什麼酷刑都沒有令她轉化。最後馬三家女二所的政委叫王乃民就跟她說，你不是修『真善忍』的嗎？做好人啊，那你就把心臟獻出來吧。信淑華說，『那不行，我心臟獻出去，那我不就死了嗎？我就不能修煉了。』王乃民說：『獻不獻由不得妳，就給妳送到蘇家屯去。』這時候王乃民就在房間裡就拿起電話，就給蘇家屯血栓醫院打電話。」

「蘇家屯血栓醫院是大陸第一家被指控活體摘取法輪功學員器官的醫院，位於瀋陽的西南郊區，和位於瀋陽西北郊區的馬三

家教養院距離大約 34 公里。王乃民當著信淑華的面打電話，毫無顧忌的。然而車庫沒有值班的隊長，也就是沒有司機。後來又給他們辦公室打電話，打了兩三次都沒有打通，最後就不了了之了。信淑華跟我說，如果當時電話打通了，那個車過來，她就被拉走了。」

中共勞教所、軍隊如此猖狂地活摘法輪功學員器官，數量在數十萬人的規模上，而紅十字會拿民眾捐獻的幾百個器官賣錢，相比之下，紅會的惡行真是小巫見大巫，或者說是捨卒保帥，捨棄小鬼保大鬼。

令外界痛心的是，自從 2006 年中共活摘法輪功學員器官罪行曝光之後，多年過去了，至今大陸的活摘依然在黑暗中進行。

第二節

兒童被挖眼
大陸偷盜器官猖獗

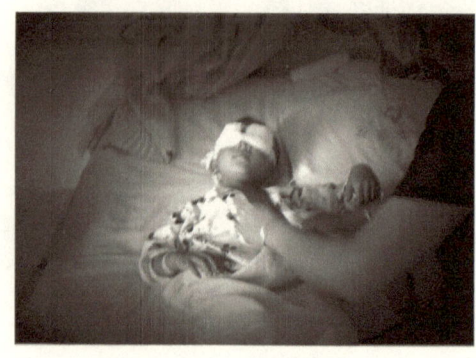

山西汾西六歲童小斌斌被挖眼，眼角膜被人偷走。（新紀元資料室）

　　2013 年薄熙來被公審，但官方刻意迴避了薄熙來最大的罪行：涉及活摘法輪功學員器官。從 1999 年至今，由於中共封鎖消息，拒絕國際社會調查，人們無法知道到底有多少萬法輪功學員被活摘了器官，但人們看得見的是，中國從鎮壓法輪功後，中國一躍成為全球移植大國，全國 300 多家醫院都能從所謂死刑犯那裡找來器官做移植手術。

　　由於一本萬利，加上供不應求，如今中共的黑手不光是壓在被祕密關押的法輪功學員身上，近年來還迅速伸向了普遍百姓，就如馬三家勞教所的酷刑最早施用在法輪功學員身上，現在卻實施在每一個被關押的上訪民眾和普通公民身上一樣。

山西汾西縣六歲童被挖眼

2013 年 8 月 24 日，就在薄熙來案在濟南中院庭審官方掩蓋活摘器官罪行的同時，山西汾西縣傳出一起駭人聽聞的慘案：一個 6 歲的男童小斌斌傍晚在屋外玩耍時，被人下藥導致昏迷，等家人發現他時，他已經滿臉鮮血地躺在地上，雙眼被人挖去。警方在案發現場找回小童眼珠，但眼角膜則被人偷走了。

無論官方如何編造或講述了男童姑母害人、並跳井自殺的事，有一點官方解釋不清：為何要把小孩的眼球挖下來後專門把眼角膜取走？一般農民哪裡知道如何摘取眼角膜？即使知道，可能也是連著整個眼球一起拿走，而為何單單取走了眼角膜？無論這前面有什麼鬼附體的故事，背後一定牽扯到器官移植黑幕。

當時也有人關注，為何大陸媒體會在審判薄熙來期間高調報導此事？人體器官的地下買賣在中國大陸十分猖獗，官方媒體都做了大量報導。比如 2013 年 7 月的一則報導說，有人甚至指控中國紅十字會的一些地方分支機構也與人體器官的非法交易有牽連，中國紅會否認了這一指控。中國一名人體器官販子 2010 年曾對新浪網說，兒童器官通常能賣較高的價錢，因為大多數人認為，器官來源人的年紀越小，器官的質量就越好。

在大陸，「角膜盲人」占全部盲人總數的四分之一，人數約為 800 萬，在這些患者中，絕大多數是 9 歲以下的兒童以及 40 至 69 歲的青壯年人，而復明的唯一手段就是角膜移植手術。但是由於眼角膜的捐獻者太少，全國各大醫院每年可以完成的角膜移植手術只有 2000 至 3000 例，不到 800 萬需求者的零頭，絕大多數失明者只能在黑暗中苦苦地等待。

由於眼角膜本身不含血管，處於「免疫赦免」地位，使角膜移植的成功率位於其他同種異體器官移植之首。半歲至 60 歲、角膜健康者均可捐獻眼角膜。一般情況下，在人死後 6 小時以內、冬季在死後 12 小時以內摘取的角膜都可以用於移植，如果將新鮮角膜材料經保存液或深低溫特殊處理，則可保持數天或數周後待用。由於捐獻者少，大陸角膜的黑市價達到了 30 萬人民幣。

河南禹州 9 歲童被挖眼拋屍

當人們還沒有從小斌斌那句「天怎麼還不亮？」的悲痛中解脫出來時，2013 年 9 月 20 日，就在薄熙來被宣判無期徒刑的兩天前，在距離山西汾西 835 公里的河南禹州，再次發生了孩子被人偷盜器官的慘案。

據《大河報》報導，9 月 20 日，河南禹州一名 9 歲男童劉某走親戚時，遭歹徒劫持，身中 100 多刀，被挖右眼並拋屍湖中。

死者的父親劉海洋表示，他的兒子今年 9 歲，20 日下午 4 點左右在他母親的陪伴下來到禹州市韓城辦事處第八居民區姥姥家串親戚。6 點多鐘家屬發現劉某不見了，趕忙四處尋找。直至晚上 10 點鐘，其家屬在小區的監控錄像中發現，男童劉某被一青年男子帶入該小區一住戶家中後再也沒有出來。

男童的家屬根據此線索立即趕到該住戶家中，在男童家屬的再三追問下，該青年男子的父親終於交代，是其兒子將男童帶到家中殘忍殺害，並租了一輛三輪車將屍體運走。

最後在一名三輪車主的帶領下，於次日凌晨 3 點找到孩子屍體。當孩子的母親看到白天還活蹦亂跳的兒子，現在卻遍體鱗傷，

失去右眼，躺在自己面前時，當場精神失常。

「孩子身中 100 多刀，面部幾乎被毀容，右眼眼角膜不見了。」男童父親哽咽著說。隨後凶手耿某已被輯拿歸案。

民眾稱，這又是一起盜賣器官的案子，為了錢財，喪盡天良，活活害死了一個孩子。更有民眾總結稱，中共的貪腐及獨裁統治必然會導致中國亂象叢生，校長可以性侵女童，為發財可以活摘器官，當官的貪污上億可以不死，可以玩弄女性，學校幼兒園頻頻發生兒童傷亡事件，毒奶、毒食品更是防不勝防，貪官污吏橫行禍國殃民，這樣的世道還能讓人正常活下去嗎？

夏俊峰、藥家鑫的器官哪去了？

2013 年 9 月 24 日，就在薄熙來被判無期徒刑兩天後，大陸不少媒體人以直接或隱晦的方式放出消息：備受關注的夏俊峰案已核準死刑，即將執行。夏俊峰的妻子張晶則毫不知情，直到 9 月 25 日凌晨 5 點，一行人敲開她的家門，要求她去和丈夫見最後一面。

媒體人還披露了宣傳部門的禁令：「遼寧夏俊峰故意殺人案死刑覆核已審結，將於 9 月 25 日執行，各媒體如作報導一律依據法院發布的權威消息刊播，不評論不鏈接、不渲染炒作。」

9 月 25 日下午 3 點 55 分，張晶在微博發布消息：「剛接的法院電話通知，夏俊峰已火化，明天 9 點去領取骨灰。」

大陸擁有大量粉絲的微博帳戶「染香姐姐」質疑：為什麼夏俊峰也只有一捧骨灰還給家屬？此犯並非無人認領屍體，為何也只交還骨灰？執法機關什麼時候有屍體處置權？家屬連屍體的處

置權都沒有？器官到底可以賣多少錢？不會 301 有領導躺床上等
著配型成功的器官所以才急吼吼的殺人吧？

西安音樂學院大三學生藥家鑫 2011 年
6 月 7 日被執行死刑，其家人連屍體
都見不到。藥家鑫 2011 年 3 月 23 日
在庭審上。（新紀元資料室）

網友吳淑平也表示：剛才無意中看了藥家鑫之父藥慶衛的微
博，才知道藥家鑫被執行死刑，其家人居然連屍體都見不到。無
論藥家鑫如何罪大惡極，屍體總該讓其父母看一眼吧？如果法律
和執法者這樣殘忍，與殺人又有何區別呢？這不是刀刀殺到其父
其母的胸口上嗎？

曾成傑被滅口槍決

中共強行摘取死刑犯的器官，已經是公開的祕密罪行了。就
在 2013 年薄案審理過程中，就至少發生了幾起器官被摘取案。

2013 年 7 月 12 日，涉嫌集資的湘商曾成傑，被湖南省長沙
市中級法院「祕密處決」，引爆大範圍民憤。

曾成傑之女在微博上披露：「這是 7 月 14 日中午，在我父
親執行死刑兩天後（我們）才接到長沙中院的死刑執行通知。郵
寄郵戳時間是 7 月 13 日，簽發時間是我父親被槍決的 12 日。難

道長沙中院唐學平法官不知道刑訴法解釋 423 條的法理以及犯人臨終告別權和親屬臨終會面權的人道嗎？死刑也由注射改為槍決。人權何在？法理何在？天道何在？」

民眾紛紛質疑曾成傑不但慘遭「滅口」，器官很可能亦遭摘取。大陸記者何光偉表示，請長沙中院出示錄音、錄像自證清白，否則我們有理由懷疑曾臨刑前被虐待、器官缺失、還有他是不是被處決的？這些貴院必須出示所有監控自證清白。

法學教授賀衛方對此表示，生前最後的見面可以由犯人提出，也可以由家屬提出，兩者都必須得到尊重。從基本的人道出發，甚至在相關人員沒有提出此要求的情況下，司法當局也應努力促成這種會見。還有，行刑後的屍體也應經其家人驗證後火化，否則死者器官是否完整不得而知。

偷盜器官從法輪功學員身上開始

大衛·喬高（左）與大衛·麥塔斯（右）在所著《血腥的活摘器官》中文版新書發表會，揭發這個星球上前所未有的邪惡。（大紀元）

　　加拿大人權律師麥塔斯（David Matas）與加拿大政府前亞太司司長、資深國會議員喬高（David Kilgour）共同著有《血腥的活摘器官》（Bloody Harvest）一書，該書於 2007 年出版，是有關中共活摘法輪功學員器官的調查報告。

　　作為獨立第三者，麥塔斯和喬高發現，中共對遭非法關押的法輪功學員大規模強行摘取器官。調查報告指出：「他們的重要器官，包括心臟、腎臟、肝臟和眼角膜等，被強行摘取並以高價出售，有時候賣給原本在自己的國家須長久等待自願器官捐贈的外國人。」

　　2013 年 7 月，美國著名作家、資深調查記者伊森‧葛特曼（Ethan Gutmann）撰文《展出中的遺體》，揭露了薄熙來為撈取政治資本，以活摘器官和塑化加工屍體的惡行，推動、實施江澤民對法輪功學員「在肉體上消滅」政策的黑幕。曾對中國勞教所做過大量研究工作的葛特曼說，他經過獨立調查發現，摘取器官的罪行在 2006 年達到高潮，現在仍然在繼續。到 2008 年，最少有 6 萬 5000 名法輪功學員因為被摘取器官而死亡。其他團體的人士如西藏人、維吾爾人和一些基督教團體人士也成為中共活體摘取器官罪行的受害者，只是數量沒有法輪功學員那麼多。

　　然而令他吃驚的是，活摘器官的暴行如此迅速地擴散到了普通中國人身上，如今孩子出門玩耍可能就被偷盜器官了，假如活摘器官罪行不從源頭上從根本上消除，誰能保證這樣的厄運不降落在我們自己身上呢？

第三節

瀋陽陸軍總院實習醫生
親歷活摘器官

旅居加拿大的喬治 90 年代親歷了中共活摘器官的全過程：軍隊押送，持槍逼迫，活摘腎臟，活取眼球。我快崩潰了！（大紀元）

2015 年 3 月，當《大紀元》記者伊鈴如約來到採訪地點時，喬治不安的表情還是讓人吃了一驚。那是一種發自內心深處、壓抑了許久的一種痛苦。這種表情，在採訪過程中多次出現；不止一次，這種痛苦令喬治不得不停下來；也不止一次，他的臉上現出深深的恐懼。為了安全考慮，本文隱去了具體時間和受訪人的細節。

事情發生在上世紀 90 年代。當時我是某軍醫學校即將畢業的學生，正在瀋陽陸軍總院泌尿外科實習。有一天醫院突然接到瀋陽軍區的電話，說是一個軍事命令，要求醫務人員馬上上車，去執行一項軍事任務。

祕密軍事任務

當時大概是下午時間，記得還剛吃過飯。科主任開始點名，沒被點名的醫生、護士要求離開；被點名的人員留下來，我也在點名之內。然後科主任命令：所有留下來的人從被點名的那一刻起，切斷與外界的一切聯繫，包括跟親人、朋友；任何人不能碰通訊工具，如電話機等。

出發時，我一片茫然，不知道要去幹什麼。我們這些被點名的醫生、護士共6人，其中2個女護士（一個護士長，一個護士），其餘4個男人（3名軍醫加我這個實習生）。然後馬上集合，上了一輛被改裝過的麵包車。

上車時，發現醫院出動了2輛同樣被改裝過的麵包車，我們上了其中的一輛。另一輛的情況不清楚。我還看到，我們車前面有軍車，軍車的門還沒關，裡面是拿著槍的士兵。

上車以後，車子馬上啟動。前面有軍車開路，車開出陸軍總院以後，就上了高速公路，車速特別快。開路的軍車打著警燈，嗚嗚的叫，高速路上所有的車都給我們讓道。

我們坐的車內用淡藍色的布完全封閉，一路上也不讓看外面。透過布簾的縫隙，我看到副駕駛座上也是坐著帶槍的士兵。

車開到一個地方停下來，我們下車，發現這個地方周圍有很多山，建築物的周圍有穿軍裝的士兵站崗。有一個軍官來接待我們，聽那位軍官說，這是離大連很近的一個軍隊監獄。

活摘腎臟

當天晚上，我們住在當地軍隊招待所，房間外面有士兵站崗。早晨起來，一個護士跟 2 個軍人到監獄裡去取血，對血型。取血回來之後，我們全都上車，車子很快啟動。也不知道到了什麼地方。停下車之後，我從虛掩的門縫向外看：原來，我們車的周圍全是站著拿衝鋒槍的士兵，所有軍人都是臉朝外，後背朝內。

我們在車上等著，不許有任何動靜。這個改裝車後面的門能打開，沒有鎖死，是虛掩的。過了不久，突然有人敲車門。推開門之後，只見 4 個體格強壯的軍人押著一個人過來。

押上來之後，把人平放在黑色塑膠袋上面。車上早就鋪好了一個大概 2 米多長的黑色塑膠袋，特別寬長，一看是特製的。我看到那個人的兩隻腳是用一種特製的、類似於纖維的、很細的繩捆住。這種繩勒住，一動就會陷到肉裡。他雙手被反綁在身後，脖子上繞了一根繩，跟後面綁著的雙手連著。只要踩著他背後這根繩子，人就起不來。因為一動，就勒住脖子，人沒法起來，掙扎不了。

進來之後，對面的醫生告訴我，讓我踩住他，不讓他動。當我按住他的腿時，我能感覺到他的體溫是熱的。

我看到他的喉部全是血，正在流動的鮮紅色的血，整個喉部被血流的模糊，看不清傷口的形狀，但可以肯定有傷口。

這時，所有醫護人員在護士的協助下迅速穿好手術服，包括帽子、口罩、手套，只留 2 隻眼睛。我當時充當的角色是助手，負責剪斷動、靜脈、輸尿管。護士長馬上用剪刀把他衣服剪開，然後用消毒液在他的整個腹部到胸部，大面積消毒 3 遍。

這時，其中一個醫生拿著手術刀，從劍突下（胸骨下）作切口，一直劃到臍部，作一個大切口。當時他的腿在抽搐，他的喉部已經發不出來聲音。然後醫生把整個腹腔打開。當時，血啊、腸子啊一下就冒出來。一個醫生把腸子往對面一推，很快就取到一側腎臟；對面的醫生負責取另一側的腎。

只聽到醫生說讓我去剪動、靜脈。當時要求必須留出來一截做吻合用。當我用伸出去的剪刀一剪下去，血一下就噴出來，身上，手上噴的全是血。這血還在流動，證明人是活的。

醫生動作非常熟練、速度非常快。當時，左右兩個腎臟都取出來了，腎臟已經在醫生手裡了。另一個護士拿著一個恆溫盒，取出來的臟器就放在恆溫盒裡。

活取眼球

同時，我對面的醫生讓我去取眼球。我當時是坐著，我向他的臉部看去……我看到，他睜著一對十分恐怖的、無法用語言表達的眼睛，看著我……恐怖，無法用語言表達的恐怖。真是看著我，他的眼皮還在動，他是活的……

我腦袋已經一片空白，全身發抖，虛弱無力，都已經不會動了。這太恐怖了！

我想起頭一天晚上住招待所時，裡面的一個軍官來告訴我們負責人說：「不到 18 歲，是個非常健康的活體。」難道是他？活體摘除器官，太可怕了。

我告訴那個醫生，我做不了。

這時，對面的醫生，用左手手掌把他的頭狠狠的摁在地板上，

2個手指把他的上眼皮把住，右手拿止血鉗一剜，整個眼球就出來了……

當時，我不能再做什麼了，我在發抖，全身是汗，處於虛脫的狀態……

等待活體器官

這時，一個醫生敲了一下隔板，副駕駛位上的軍人就用對講機呼叫，然後後面車門進來4個軍人，用另一個2米多長的黑色塑膠袋把那個人整個套住。此時他已經不會動了，軍人把他拖到車門外停著的、一輛帶蓬的軍用卡車上。

這時我們的車門快速關上，啟動。我們所有的手術服，手術帽，橡膠手套全都放在一起，等著回去銷毀。車子在軍車開道下，以特快速度往回開。

回到醫院，我們把器官送到手術室。此時，手術台上已經站著另一批手術醫生，他們早已準備好，在等著做器官移植手術……．

此時，我已經不能再做任何事，全身軟弱無力。主任看我的情形，讓我在一邊休息。旁邊有休息的地方，我還能看到他們在做手術。

精神幾近崩潰

由於極度的恐懼和驚嚇，我回家以後全身無力，開始發高燒。當媽媽問起，我只是簡單講了一下緣由，媽媽以為只是普通的外

科手術，並沒有當回事。我不敢跟任何人說起，家裡其他人都不知道。從那以後，我很快離開了瀋陽陸軍總院。

但是痛苦遠遠沒有結束。一方面，這件事情太恐怖了，我承受不起再刺激，我不想再提起；我也擔心被中共追殺，被滅口；加上我親眼見到鮮活的生命遭受虐殺，內心極度不安。這種無形的精神壓力，使我痛苦不堪。

很長一段時間內，無論是白天還是晚上，眼前顯現的都是那個恐怖的場景：那個麵包車內，所有工作人員穿著白色手術衣，白橡膠手套、白帽子、白口罩，只有2個眼睛露外面，車頂是強光燈照著，底下躺著的是一個被活體摘取器官的、我們的同類，一個活生生的生命……他的那雙眼睛，那個無法用語言表達的痛苦的、恐懼的眼神，就那麼恐怖的看著我……

我的心靈承受不了，沒有親身經歷過的人無法體驗那種痛苦。很長一段時間，我感覺都快要瘋掉，人要崩潰了。這麼多年過去了，經歷多年的心靈掙扎，那種恐怖的記憶仍然無法抹掉。多少年來，我不想去觸及，有意迴避它。因為一提起這件事，我就無法自持，感覺就要崩潰。

當海外媒體曝光大陸活摘器官時，我一下就明白了：這一切都是真的，而且在中共的軍隊系統早已存在。只不過，鎮壓法輪功讓他們找到一個更大的器官供應源。

追查國際：江澤民下令活摘法輪功學員器官 殺戮上百萬人

2015年6月20日，「追查迫害法輪功國際組織」發表震驚全球的中國百萬人被殺案的調查報告，「追查國際」負責人汪志

遠博士接受《大紀元》採訪時指出，這個數據是任何正常人都難以想像的，正如著名人權律師大衛‧麥塔斯所說，「這是這個星球上前所未有的邪惡」，它超出了人類的認知和想像，大家不要因為它前所未有就不願正視現實。

他介紹說，這個報告經歷了 9 年多的調查，當 2006 年 7 月 6 日，加拿大 2 位大衛公布《中國活體摘取法輪功學員器官指控的報告》的第二天，「追查國際」就開始調查了。

「追查國際」做了數千個電話調查，查詢了全中國近千家醫院，對其中 865 個參與器官移植的醫院做了詳細調查，最後「追查國際」得出的結論是：

中共活摘法輪功學員器官是由時任中共主席江澤民親自下令，以江澤民、羅干、周永康等中共中央和中央軍委高層涉入，全國軍隊、武警和各省市整體參與的大屠殺。僅因活摘器官而被殺戮的法輪功學員最低數量涉嫌超過百萬。

這是一場對普通民眾的群體滅絕性國家行為。江澤民集團犯下了群體滅絕罪、反人類罪。這結論包括了四大方面信息。

這是國家行為 江澤民是第一罪人

結論一，活摘罪惡屬於國家行為，政府犯罪。從「追查國際」獲取的 5 類 35 個調查錄音證實，是江澤民親自下令，中央常委、中央軍委等高層涉入，在全國範圍進行，動用了軍隊、武裝警察和公、檢、法、司、政法委系統，以及全國所有的器官移植機構。

這些親口證言來自 4 名中共政治局常委、1 名軍委副主席、1 名政治局委員、1 名中央軍委委員（原國防部長）、1 名解放軍

總後勤部衛生部長、多名政法委高級官員，20多名醫院移植科醫生等。所有證言都有錄音可供下載驗證，都是獨立的直接證據可證明中共活摘法輪功學員器官的存在；又可互相印證，互相支持，整體合起來，最終形成一個強大的證據鏈，共同指證此罪惡。

比如，中共解放軍後勤部衛生部長白書忠在電話調查中說，是江澤民批示要求開展對法輪功的器官移植利用，薄熙來在德國出訪時也親口對調查員說，活摘法輪功學員器官「是江主席下令的！」

大陸器官黑幕，不是某些媒體宣傳的民間犯罪團體所為，而是官方行為，國家犯罪，是利用整套國家暴力機器進行的反人類的大屠殺。

受害者的主體是法輪功學員

結論二、活人器官供體庫的背景來源，是數百萬被非法抓捕失蹤的上訪不報姓名的法輪功學員，他們是活摘器官大屠殺的主體受害者。

1999年江澤民集團迫害法輪功之後，數百萬上訪者被非法抓捕失蹤，隨後全國器官移植爆炸性增長。中國器官的供應豐富，達到1至2周就可以配型做手術，創造了世界奇蹟，到2005年底就吸引了數萬國外器官旅遊的人，直到2006年3月被證人指控大量活摘法輪功學員器官，許多事情轉入了地下，但至今活摘法輪功學員器官的罪行還在繼續，因為迫害並沒有停止，政策也沒有改變。

有人說是否這裡面有流浪漢、失蹤人或者賣腎的人等其他非

法輪功學員，汪志遠回答說，那些都是少數，因為「追查國際」調查時直接詢問的就是法輪功學員器官，「追查國際」大多以病人家屬朋友的身分去諮詢，點名道姓就是要法輪功學員的器官。而且對那幾個中南海高官都是問他們法輪功器官的事，李長春親口說，這事是周永康負責，找周永康。前不久當張德江被問到周永康是否在活摘法輪功學員器官問題上供出曾慶紅這個問題時，張德江沒有否認活摘器官這事，只是說，他在印度，用手機談論這樣的話題不合適，等回國再談。

另外，大陸每年的失蹤人群的數量約60萬，這無法撐起中國器官移植的蘑菇雲一般的巨大增量和增幅。瀋陽一個醫生還親口說，街面上的那些賣腎的廣告根本沒有用，因為他們內部有用不完的器官供應，根本不需要從外面買。

「追查國際」還有人證，比如遼寧錦州的一位持槍武警，2002年4月9日在瀋陽軍區總醫院15樓的一間手術室內，親眼看到瀋陽軍區總醫院的2名軍醫，在1名女法輪功學員完全清醒的情況下，沒有使用任何麻藥，摘取了她的心臟、腎臟等器官，他作為持槍警衛目擊了活體摘取的全過程。

1999年江澤民發動對法輪功的鎮壓後，每天全國各地成千上萬的法輪功學員到北京上訪，北京公安局根據饅頭銷售量的大增，推算出每天在北京的外地法輪功學員就上百萬人，上訪持續了一、兩年，全國所有監獄勞教所都關不下了，中共就把很多上訪不報姓名的法輪功學員祕密關押到地下集中營，用代號管理，做為活人器官的供體，隨時需要，隨時摘取。

中共不但殺人，還把他們的器官割下來賣錢，這是人類從未有過的罪行。

中國，器官等人的反向匹配

在哈佛大學做醫學研究的汪志遠還解釋說，他們調查的協力廠商方面結論是，七大證據證實中國器官移植是反向配型，證明活人器官供體庫的存在，基數涉嫌數百萬。

汪志遠介紹說，只有在人體死亡後 15 分鐘內把器官摘取出來，並馬上放在含有營養液的零下 30 多度的冷凍環境中保持，並在 6 至 24 小時的冷缺血時間之內移植到另外一個活體中，在這些條件都滿足的情況下，器官才有利用價值，不是人們想像的那些車禍、非正常死亡情況下就能用的，除非醫生等在旁邊的那種情況，如腦死亡判定、或有意要摘取器官的，其他情況都無法用於器官移植。

而且，器官要細胞組織結構相互匹配的才能用，這樣新器官在進入另一個人體後才不與病人身體產生強烈的排斥。在沒有血緣關係的人群中，非親屬器官捐贈的組織配型的匹配率大約 6.5％，因此，每年施行數千至上萬的器官移植需要從十幾萬到幾十萬無血緣關係的人群中尋找組織配型吻合者。

由於這些限制，加上 2006 年之前，在中國親屬活體捐獻僅 0.5％；腦死亡供體總共只有 9 例；中國每年的死刑執行數，「根據大赦國際的記錄，在 1995 年到 1999 年之間被處決的囚犯的平均數量是每年 1680 人。在 2000 年和 2005 年之間是平均每年 1616 人。這些數字每年都會回彈，但整體平均數字在迫害法輪功的前後是相同的。

中國人體器官捐獻體系試點 2010 年 3 月才開始，中國公民身後器官捐獻率僅約 0.6/100 萬人。

　　器官個體買賣只有幾例，中共官媒高調報導，但數量很少，也沒有官方後續處理結果，不可能構成解釋每年高達近萬例次移植量的來源成分。

　　特別是鎮壓法輪功後，中國器官移植手術的數量呈現蘑菇雲狀的劇烈增加，那麼豐富的器官來源，令中國的器官移植等待時間超短，別的國家要等 3 至 5 年，在中國只要 1 至 2 周就能拿到組織匹配的器官，這只能說，國外是人等器官，中國是器官等人，來一個病人，只要交錢了，就能找到匹配的器官，學術界把這叫做「反向匹配」。

官方壓縮移植量 10 至 20 倍

　　採訪中汪志遠說，人們最關心的是被屠殺的死亡人數的定量，這百萬級是怎麼得來的。「追查國際」從兩方面介紹。

　　第一，「追查國際」通過大數據逐個調查和實證分析，發現中國醫院器官移植的實際數量是官方公布數量的 10 至 20 倍，這是中共的潛規則，他只報導真實數據的十分之一或二十分之一。

　　調查中「追查國際」發現，中國至少有 3 套器官移植數字，第一套是中共衛生部對外發布的所謂移植總數，第二套是各家醫院公開發布的移植數，第三套是真實的移植數。主要的器官移植是軍隊和衛生部嚴密控制的一些核心地方醫院和軍方醫院完成的，真實肝腎移植量是醫院公開發布數量的 10 至 20 倍，而醫院公開數據則是中共衛生部發布的所謂總移植數量的大約 3 倍。

　　比如說，北京大學人民醫院：公開資料平均每年約 162 例，但 2013 年 9 月，北京大學器官移植研究所所長、北京大學人民

醫院肝膽外科主任朱繼業接受《中國經濟周刊》採訪時講，2010年展開試點工作之前，「我們醫院曾在一年之內做過 4000 例肝腎移植手術，這些器官來源全部是死刑犯人。」根據現有官方公開資料修正後得到的，該醫院腎肝移植，數量截至 2014 年 12 月的修正肝腎移植量 2435 例，2435 除以 162，實際移植數量相當於公開公布數量的 24 倍。

南京軍區總醫院至少在 2004 年一年的腎移植就已經超過了1000 例，而公開報的移植數量僅 100 例左右，這也隱瞞了 10 倍。再舉例說，據《The Asia-Pacific Journal: Japan Focus》證實，日本器官移植患者協會主席鈴木先生調查發現，中國的一家醫院2005 年一年就做了 2000 例器官移植，但官方只公布 200 例，相差 10 倍。

解放軍第 309 醫院腎移植的真實移植量超過每年 3000 例，但該院稱每年腎移植例數近 200 例，實際與公布量相差 15 倍。前衛生部副部長黃潔夫所在的協和醫院一年的肝移植量 1500 至3000 例，作為全國最著名的醫院，詭異的是，大陸所有的論文檢索網站已經沒有該醫院關於肝移植的論文，醫院的官方網站也刪除了所有與肝移植數量相關的網頁。

武漢同濟醫院被媒體報導每年移植量數千，而且該醫院醫生親自對追查國際調查員承認使用法輪功學員器官，「追查國際」保守計算出 2000 年後該醫院腎移植每年 3110 例，但他只公布了207 例，實際與公布相差 10 多倍。「追查國際」就這樣逐個對800 多家醫院進行了對比調查，基本得到 10 至 20 倍這樣的隱瞞數據真相。

給《大紀元》爆料的瀋陽老軍醫也提到過，他經手的案例，

官方對外是壓縮了 11 倍左右。

每年 40 萬例的肝腎移植總數

調查中「追查國際」逐個分析了從事肝、腎移植的 714 家醫院（共發現 865 家器官移植醫院），保守統計，這 800 多家醫院做的肝腎移植的總量超過每年 40 萬例。這個靠累計得來的每年 40 萬例的肝腎移植總數，也可從另外一個角度加以印證。

「追查國際」調查了 10 大城市約 20 家地方醫院，每年每家肝腎移植量就達 2000 至 3000 例，每年 20 家醫院總共約 4 至 6 萬；較小的器官移植中心移植數量也超乎想像，80 家肝移植中心，肝移植總量高達每年 5 萬；還有軍隊多器官移植的醫院有 40 所，肝腎移植量高達每年 10 萬以上。這三個數字加起來就是每年 20 萬例，但這只是 140 家醫院的肝腎移植量，若計算 865 家醫院的移植量，至少翻一倍，哪怕只以 2001 年初到 2006 年底這 6 年來計算，也是（20+20）×6=240 萬例！（中共頒布所謂器官管理條例是從 2007 年 1 月 1 日開始實施的。）

至少上百萬人被殺 至今仍在繼續

從移植手術的數量推算被活摘的人數，假設中共把能得到的器官都利用起來了，也就是殺 1 個人取出他的 2 個肝臟給同 1 個病人做全肝移植，同時把左右 2 個腎臟分給 2 個不同的病人，那被殺人數就是肝腎移植總數除以 3，240 萬除以 3 就是 80 萬。

但由於中國沒有全國統一的器官匹配網絡，加上地域廣、交

通運輸跟不上，比如在東北殺了一個法輪功學員，在瀋陽做了肝移植，即使能知道雲南有個病人的組織匹配能用上這個供體的腎臟，但由於沒有飛機加上從 2 個地方到機場的汽車運輸，能保證在 15 小時內把冷凍缺血的腎臟從瀋陽運到雲南，這個腎臟也就作廢了。在中共移植大會上，他們公開談論中國器官利用率太低，因此除以 2 或 2.3 都是非常樂觀的情況。240 萬除以 2 就是 120 萬人被殺，除以 2.3 就是 104 萬。若除以 1.5，那就是 160 萬人。

前面是假設 2007 年後到 2015 年的這 7 年中，中共不再使用法輪功器官，《南方周末》一度報導 2007 年上半年有些器官移植醫院生意量大大降低，但人們沒注意的是，追查國際調查發現，2007 年後這 7 年，大陸醫院的器官移植數量並沒有真正降低太多，有一個醫生 2015 年時還承認，他剛用了一個法輪功器官。

從肝移植推算出最低死亡人數

由於肝移植的技術難度是腎移植的 6 倍，大陸做的屍肝移植都是全肝移植，只有親屬間的肝移植才是切除部分肝臟來做活體移植。也可用肝移植的數量來計算出被殺害人數的最低值，哪怕有個別賣腎的，但絕不會有賣全肝的。

「自由亞洲電台」2014 年 8 月 18 日報導，剛剛參加了 2014 年世界人體器官移植大會的某大公司副總裁林女士，長期關注中國器官移植的道德和倫理問題。中國每年實際進行的器官移植數量龐大，遠遠超過政府公布的器官自願捐獻和死囚器官數字。她介紹說：「我親自問過一個中國肝移植的專家，他的醫院 3 個月做了 100 例，而且他的醫院還不是大城市的醫院，如果乘以 50

個移植中心，1 年就有 1 萬 8000 例。

當時中國有 80 家肝移植中心，國家級中心 35 個，省級中心 45 個。其中省級中心的肝移植量，如果是林女士說的 1 年 400 例，國家級的大中心 1 年 1000 例，那麼 1 年的總量就可以達到 5 萬 1000 例，這幾乎是中共過去 15 年報的肝移植總量，甚至超過「追查國際」通過補充時間段得到的全部的 9 萬例的一半。考慮到中國醫院的肝移植技術全面成熟是在 2004 年後，10 年的肝移植總量可能就高達 50 萬例，也就是說，至少 50 萬人被殺。

再加上因技術不夠的地方醫院，只利用了腎臟而沒有利用肝臟的，被殺人數還會增加很多，估計至少也是在幾十萬以上。

由於中共封鎖信息，外界很難得出精確的被活摘器官的法輪功學員死亡人數，人們應該朝中共要真相，而不是針對民間抗議團體的數字準確性。相反，這是世界各國各大社會組織的責任。

汪志遠最後還介紹說，他們的這個調查報告，採用了大數據實證調查方法，他們檢索、閱讀、比較了各個醫院相關的幾十萬份各種報導、醫生的論文，通過嚴格的多重邏輯分析、交叉驗證、大量信息研究，每一個數據都有詳細的出處，每個證據都能獨立地證實結論，而且這些證據互相組合成了一個強大的證據網，而且最低是用 2 種以上的驗證方法來論證，為使最終的結論經得起考驗，而且在數據上都只給出了保守的低限，真實情況可能比這還要慘烈。

卓有成效的獨立調查團隊

追查國際自從 2003 年 1 月成立以來，做了很多工作。

　　他們完成了對中共迫害法輪功的系統性調查，截至 2014 年 7 月 1 日，共發表了針對司法、宣傳、教育、文化、海外滲透等各個領域的 251 篇系統調查報告，共 170 多萬字，列舉證據 5300 多條，大量確鑿的證據證明，中共對法輪功迫害是屬於系統性的和群體滅絕性的犯罪；發布了 5000 多個追查通告；發布了 7 批追查名單，涉嫌犯罪的責任單位責任人總計：「610」系統 3532 人；政法委係統 4147 人；涉嫌參與活體摘取法輪功學員器官的 865 個醫療單位，醫務人員 9500 人；其他因參與迫害法輪功學員，而被追查國際立案追查取證的有 1 萬 2670 個責任單位和 3 萬 2394 個責任人。

　　同時他們協助司法起訴，完成了對多個迫害元凶如江澤民、羅干、周永康、劉京、薄熙來等的調查，同時成立了「全球監視追蹤系統」，在 70 多個國家近 300 個城市建立了網路系統，有效地監視追蹤了在中國大陸參與迫害法輪功的中共各級黨政官員，尤其是那些涉嫌布署、抓捕、洗腦、虐待、酷刑和謀殺法輪功學員的凶手，和直接參與信息封鎖、輿論煽動、非法判刑的責任人，有力地幫助了受害人在罪犯出國期間對其採取法律行動。

　　作為一個非政府組織，追查國際依靠自己的力量把對法輪功的迫害調查進行到這一步了，剩下的工作是各國政府、全球媒體、世界警察需要進一步調查的內容。

　　汪志遠表示，面對屠殺 200 萬無辜民眾的罪行，每個有良知的地球人都應該站出來主動調查、舉報、控告江澤民邪惡集團犯下的罪行，只有這樣，當年人類在希特勒奧斯維辛集中營前的發誓：反人類罪行永遠不再發生（Never Again）才真的能兌現。

第八章 紅會賣器官

郭美美案的中南海絞殺

第九章

色魔吞噬中國

政府的默認和中共官員的帶頭「表率」，造成中國人的性觀念驟變。現在的中國是「土包子開花」，比西方的性解放更屬害，離婚率急速上升、愛滋病快速蔓延，整個社會的道德正在迅速淪喪中……

中國興起的性革命，讓無神論為性亂開闢了道路，古巴比倫、古羅馬人淫亂滅國的悲劇會再次於中國上演嗎？（AFP）

第一節

色性中國

郭美美之所以吸引全國人的關注，除了紅十字貪腐黑幕之外，還有她的炫富以及性交易傳聞，特別是她在異性交往中的出格。

「關關雎鳩，在河之洲。窈窕淑女，君子好逑。」《詩經》開篇第一首就這樣描述了人類美好的男女之情。《禮記》裡講「飲食男女，人之大欲存焉。」正常的兩性關係，是人類生存繁衍的必要條件，在古人眼裡，凡事都有個規矩有個限度，「沒有規矩，不成方圓」，那兩性之間的規矩是什麼呢？

無論東西方，傳統上人類都把淫亂當成最忌諱的事，萬惡淫為首。上世紀 60 年代西方出現了性解放，最近中國又興起性革命，有人說，無神論為性亂開闢了道路，如今想在大陸找個純潔的姑娘都很難了。當代中西方性行為的真實現狀又如何呢？古巴比倫、古羅馬人淫亂滅國的悲劇會再次上演嗎？中國人如何才能

截窒世風下流呢？

色魔吞噬中國

據《鄭州晚報》報導，2009 年 8 月 9 日清早，晨練的王大爺在鄭州某路上，看到路邊一個人蹲在路上，並很快就離開了。他走近一看，發現一個剛出生的孩子裸躺在路上，老人趕快脫下衣服將孩子包著，並在附近找到三名巡防隊員。巡防隊員循著路上的血跡找到了一所中學，男嬰的生母竟是一名初中在校學生，而嬰兒的父親也是一名未成年學生。

這樣的事在大陸並不罕見。近年來大陸媒體紛紛報導，兩周長假的十一「黃金周」變成了「墮胎黃金周」，墮胎熱的「弄潮兒」大多是未婚或不足 20 歲的青少年中學生。然而最讓醫生們瞠目結舌的還是這些學生的行為和想法。

一位軍隊醫院婦產科醫生回憶說，一天她接待了兩對高中男女生，其中一名 16 歲的女孩要做人工流產。四個孩子有說有笑，毫無顧忌，那女孩居然還「老練」地砍價：「我們是學生，費用方面可不可以優惠一點？還有，請你小心點，可不要感染了。」在她們看來，「有男朋友而不發生性行為會被別人瞧不起的，如果懷孕了更能證明自己能力好，無所謂的，我們都這樣幹。」

據 2007 年國家相關部門的統計，中國每年有近 500 萬例未婚流產手術，其中 50% 是青少年，也就是說每分鐘就有五名少女進行不安全流產，最小的只有 13 歲。

大陸人性觀念的巨變

2009 年網絡上流傳一段視頻：一群男生輪流撫摸女生的胸部，一名男生拿手機拍攝了全過程，包括女生的笑聲。類似這樣性開放的行為在大陸中學裡經常可見，這不得不讓人震驚於中國社會性觀念的巨變。

2007 年 7 月，中國人民大學性社會學研究所公布的《中國人的性行為與性關係：歷史發展 2000 ～ 2006》調查報告稱，「2006 年，約四分之一的中國成年男女曾跟不只一人發生過性行為。」曾潛入妓院臥底的人大教授潘綏銘得出的這份調查報告顯示，中國人的婚前性行為在增加，25 至 29 歲的男、女有過婚前性行為者比例分別高達 72.2% 和 46.2%；性關係趨向多伴侶，30 至 34 歲的男、女有過多個性伴侶者百分比分別是 45.8% 和 17.7%。

《人之初》雜誌在 2007 年 10 月在網上對大學生的問卷調查顯示：進入大學前，美國大學生處男比例為 34%，處女為 25%，而中國大學生卻有 79% 的人保留了童貞。而一旦進入大學，中國大學生假期發生一夜情的比例攀升至 33%，且有近兩成的學生性觀念開放，六成女生不介意不用避孕套，超過四成學生特別關注老師性隱私，表示知道身邊有同學跟教授或助教「有染」，不過，近七成人仍對校園戀情保持信心，認為能在學校找到配偶。

中國人民大學倫理學與道德建設研究中心編製的《2005 至 2006 全國公民道德狀況調查問卷》，對北京、上海、哈爾濱、南昌、海口、重慶、蘭州、鄭州、昆明、大連 10 個城市不同年齡、職業、學歷的近 6000 人調查顯示，僅有 15.3% 的人認為婚前性行為不道德，要「堅決反對」；12.8% 的人雖認為婚前性行為不

道德，但可以「理解」；32.7％的人則認為，只要真心相愛，婚前性行為無需指責；還有28.8％的人把婚前性行為畫入「個人隱私」而不加評論。

對於婚外戀，有近一半人認為「是一種不道德行為，堅決反對」，26.3％的人給予「理解」，15.1％的人把其歸為「個人隱私」，「不受道德譴責」，還有極少數人持「認同」態度。

中國性產業占 GDP 的 5.5％

對於上述調查報告的準確性，由於沒有其他資料來源，這裡我們權且用來參考，但生活在大陸的人，可以從自己所見、所聞、親身經歷，以及媒體、網站上的信息，見證中國人性觀念的急速變化。

在五千年的中華文明傳統中，中國人對待性關係一直都是很嚴肅正統的，只有在結婚之後才能同房。結婚時，必須「一拜天地」，讓上天大地認可他倆的結合；「二拜高堂」，讓雙方父母同意他倆的婚事；「夫妻對拜」，在所有親朋好友的面前，兩人立下誓約：互敬互愛，白頭到老。即使在中共執政的前30年，無論政府、社會、單位、家庭和個人，中國人對婚外的性交都是嚴厲排斥的，然而如今卻是色情遍地。

在武漢，三陪小姐一度公開要求申領就業證；在廣東至東莞，沿途的山間別墅形成了蔚為壯觀的「二奶村」，別墅中多為港商包租的妓女；在山西太原，公開登記的歌舞廳曾一度達到五千家，其密度堪稱世界之最……曾以「皇甫平」的筆名發表過一系列政治評論的《人民日報》記者周瑞金，在2006年初就提出

《兩會代表不妨議議地下性產業》，據他調查，中國有性工作者約 400 萬人，2005 年產值達到 5000 億元人民幣。他說：「有人認為我的資料是最保守的，真實的資料應該要多出十倍。」

2005 年 2 月美國國務院發表的《2004 年度國別人權報告》中認定，中國有 1000 萬性工作者。經濟學家楊帆則推測，性產業在中國帶動的年社會總消費額高達一萬億，相當於 GDP 的 5.5%。「性產業」包括直接從事性服務的「賣淫業」；從事間接性服務（如性表演、色情按摩）的「色情服務業」和性用品和色情品業（如黃色錄像）。2006 年 3 月，黑龍江人大代表遲夙生在人大提案中，建議將「賣淫嫖娼合法化」，此前，包括蕭瀚、潘綏銘、李銀河等學者，都公開發表性產業「非罪化」、同性戀合法化等呼籲。

中共官員腐敗淫亂 上行下效

是什麼因素推動了中國人的性觀念發生如此大的改變呢？最主要原因無疑是政府的默認和中共官員的帶頭作用。自從 1980 年代以來，大陸各地政府都批准、開業了很多賓館、飯店、歌舞廳、酒吧、夜總會、俱樂部和各種按摩理療場所，表面上這些娛樂場所是合法經營，但深入進去就不難發現裡面的「色情祕密」。儘管中共政府經常舉行「掃黃打非」的治理活動，但人們都知道，這些活動只是走走過場，掩人耳目，大陸娛樂場所的背後都有公安等官方張著保護傘在後台在支撐著，如果政府真的堅決取締，那些色情場所怎麼可能存在下去呢？

進出這些娛樂場所的人，除了生意人外，絕大多數是政府官員，因為中國「權錢一體」的制度，決定了生意人要想掙錢，就

得買通政府官員的「經濟模式」。中國社會如同金字塔結構，廣大民眾作為金字塔的底部，很多事都在模仿和追隨上面那些地位高的「領導者」。如今在紅旗掩蓋下的中共官員們，以貪污、淫亂聞名，連中共紀檢委都承認，絕大多數縣級幹部都存在「生活作風問題」，其實，在中共地區級、省級、中央級幹部中，淫亂問題更加隱晦、更加突出。

唐太宗曰：「君為源，民為流，源不正而欲流清，不知其可也。」近年來曝光的一系列高官貪腐案中，95％的貪官都包養情婦。從北京市原市委書記陳希同、全國人大常委會原副委員長成克傑、江西省原副省長胡長清、公安部原副部長李紀周、雲南省原省長李嘉廷等，到政治局委員、上海市前市委書記陳良宇、國家統計局原局長丘曉華、國家食品藥品監督管理局原局長鄭筱萸、北京市原副市長劉志華、天津市檢察院原檢察長李寶金、海軍原副司令員王守業等，這些白天在台上「講廉政、講道德」的官員，晚上就「聲色犬馬、縱情享樂」去了，他們的言行無疑將上行下效的社會引向了深淵。

更有甚者，江蘇省建設廳原廳長徐其耀擁有146位情婦，情婦中甚至還有一對母女；重慶市原宣傳部長張宗海在重慶的五星級飯店裡，包養漂亮未婚女大學生17人；海南省原紡織局長李慶善撰寫性愛日記95本；四川樂山市原市長李玉書的20個情人年齡都是16至18歲，年齡竟小過自己的女兒；而自殺身亡的常德市政協委員巢中立在遺書裡提到，他和2000多個女人上過床。

無奇不有的是，被稱為「二奶書記」的安徽省原省委副書記王昭耀，與其小舅子安徽省宣城市原市委書記楊楓共用情婦，楊楓還運用MBA知識管理其「情婦團隊」；被稱為「五毒書記」

的湖北省天門市原市委書記張二江,與 107 個女人有染,加上妻子,共 108 人;已被執行死刑的前重慶市公安局原局長文強,在掃黃打非的旗子下幹的都是流氓式的勾當。

媒體學者為性亂吶喊助威

中國原本是個性觀念正派保守的國家,近些年來在搞活經濟的幌子下,各類黃賭毒瘋狂出現。比如大陸有道菜叫「人體盛」:把食物放在裸體的女人身上,人們就坐在裸體身邊吃飯。有人評論說,如此淫亂之風,較之環境污染、有毒食品、黑心假藥等更為嚴重,色情已成為中國最大的社會公害。

色情圖文由早先的街頭刊物小報,逐漸登上政府媒體和各大網站,比如在新浪、搜狐、網易等門戶網站裡,極其淫穢暗示性行為的詞彙遍地都是,新華網、人民網、中新社等官方網站,也公開以各類美女情色圖文招攬讀者,中國互聯網的集體泛黃一發不可收拾。

電視上一度不分晝夜的播放性藥、壯陽廣告,不但有知名笑星和專家助陣,甚至少兒動畫片裡也反覆插播壯陽廣告,以至於百姓們斥責「廣電總局是色情泛濫的罪魁禍首」。文藝作品更是走在宣揚性亂的前列,從早期描寫婚外戀、三角戀到如今宣揚一夜情、亂倫、不倫之愛。大陸一名作家所寫的描述一個藝術家與一對母女瘋狂的肉慾沉淪,該書一個月內銷售突破一百萬冊;張藝謀電影《滿城盡帶黃金甲》也因描寫亂倫而飽受爭議。

令人驚奇的是,中國社會的性泛濫、亂性、亂倫之風竟然得到專家學者的認同。中國社會科學院社會學所研究員李銀河,不

但呼籲「一夜情權利」、「亂倫非道德化」、「同性婚姻合法化」，還力挺換妻換偶、不反對雜交等。

於是，在特權階層、媒體輿論、影視文藝、專家學者不正當的引導下，特別是受到無神論的影響，中國人視道德為可有可無的空虛之物，人們肆無忌憚的幹著各種壞事。由於沒有道德的約束，中國社會正在走向全民性亂的歧途，從孩子到老人，人人都被潮流帶動著，不知不覺的被捲入這場性墮落的漩渦之中，以至於很多華僑感嘆：現在的中國是「土包子開花」，比西方的性解放更厲害，離婚率急速上升、愛滋病快速蔓延，整個社會的道德迅速淪喪，以至於想找個純潔的姑娘都很難了。

第二節

西方性解放的謝幕

「性革命之父」金賽事實上是個
性精神病患者。（維基百科）

　　對於大陸性學專家們發表的「性」調查報告，人們在震驚大
陸性開放與墮落的同時，也感到難以置信，因為我們身邊並沒有
發生這樣嚴重的事。這讓人想起五十多年前，被稱為「性學大師」
的金賽博士，其轟動一時並影響巨大的「性學調查報告」，近來
被證明是場巨大騙局。

性革命之父與性精神病患者

　　1948 年 1 月 5 日，美國印第安那大學動物學家阿爾弗雷德・
金賽出版了自己的著作《男性性行為》。經過數千次調查，金賽
「發現」：第二次世界大戰後美國「最偉大一代」的男性雖然外

表對妻子忠誠，而且也支持一夫一妻制，但事實上，按照 1948 年的美國法律，其中 95％的男性都可以歸於「性犯罪者」。

金賽宣稱：調查對象中 85％的美國男性在結婚前就有過性經歷，近 70％曾經與妓女發生關係，30 ～ 45％曾經背著妻子與別的女人私通。此外，據金賽統計，10 ～ 37％的男性有過同性戀行為。實際上，目前社會上所謂「每 10 個人當中就有一個是同性戀」的論調，便是直接來自於金賽的調查報導，這也成為「同性戀權利」運動的基石。

金賽把美國人描繪成尋求持續歡愉且沒有道德觀念的「性動物」。在金賽這份研究報告的鼓動下，一名叫休・海夫納的美國大學生創立了《花花公子》雜誌，開辦多家俱樂部，並提出了影響美國文化數十年的享樂主義者哲學。金賽的另一位崇拜者哈里・海則發起了現代「同性戀權利」運動。

今天，從對私通和同性戀的看法到國家性教育課程，從醫學、精神病學和心理學方法到處理性的司法制度，美國所有與性搭上邊的事情事實上都源於金賽的性「數據」。金賽的「研究」不但在美國引起了一場「性革命」，同時也是當時「性潮流」的理論基礎。

然而五十年後，美國《揭發者》（Whistleblower）雜誌卻披露：被世界冠以「性革命之父」的科學家阿爾弗雷德・金賽事實上是個性精神病患者，他依靠戀童癖者對數百名嬰兒和兒童的性折磨，為他的革命性「研究」提供數據。金賽可謂 20 世紀最壞的人物之一，他對全世界造成的傷害遠遠超過薩達姆和本・拉登。

文章稱，金賽把對數百名犯人和性精神病患者的調查說成是對普遍人的調查。另外，他還刪去大量與其結論不相符的數據。

金賽甚至慫恿自己的妻子和其他「科學家」進行群交，並在家中
將群交鏡頭拍成電影。金賽有關兒童性特徵方面的「科學數據」
則是從對數百名兒童實施性虐待的戀童癖者那裡收集而來。受戀
童癖者虐待的兒童小的只有幾個月，大的也不過 15 歲。

「性革命」帶來的災難性後果

《揭發者》在題為《沉湎於性：金賽欺詐性科學如何在美國
引起災難性「革命」》一文，以大量事實論述了美國如何在 50
年內從性保守時代變成性放蕩時代。如今還冒出了交易額達數十
億美元的色情業，特別是互聯網的出現，使色情侵蝕到每個家庭。
據悉目前有 420 萬個色情網站，每天有 6800 萬人次通過搜尋引
擎尋找黃色網站，這占了總點擊量的六分之一。

在現實生活中，很多美國年輕人經常舉行性派對，甚至出
現群交場面。特別是在美國前總統克林頓白宮性醜聞的推波助瀾
下，令不少初中生和高中生經常在學校浴池、體育場後面以及校
車後面體驗性的神祕。他們說：「既然總統都可以這樣做，我們
為什麼不能？」

西方的性開放及其回歸

這場爆發於 1960 年代的性革命浪潮，雖然來勢洶湧，一下
子席捲了整個歐洲和美國，並對全球各地產生了重大影響。但它
就像是一陣暴風驟雨，來得快，去得也快，在西方鬧騰了一、二
十年以後就逐漸平息了下來，目前已水波不興，因為人類很快就

品嚐了性放縱的苦酒。

性開放是建立在拋棄傳統道德觀的基礎上，沒有道德的約束，人變得自私自利，享樂主義盛行，社會責任、家庭倫理、婚姻環境等都遭到強力破壞，整個社會陷入罪惡、混亂和痛苦中，特別是家庭的破裂和愛滋病的流行，讓人們痛苦不堪。

面對嚴峻的事實，80年代後，西方出現了糾正性解放錯誤的「性回歸」。據美國《新聞周刊》在90年代中期發表的一項民意調查指出，認為發生婚外性行為是羞恥的占62％；而根據芝加哥大學於80年代末至90年代初的性調查，75％的丈夫和85％的妻子都說他們從未有過婚外性行為。1992年一年中，83％的人只有一個固定的性伴侶或沒有性伴侶。

色情雜誌《花花公子》在它的全盛時期的1972年，銷售量達700萬份，而1986年已下跌至340萬份。它的創辦人海夫勒一直是鼓吹「性革命」的先鋒，他曾宣稱和上千名女子發生過性關係，而80年代中期後他卻宣稱要嚴格奉行一夫一妻制了。70年代紐約的「時報廣場」附近有一條出名的「色情街」，裡面有20家色情影院，90年代初期只剩下4家，目前紐約市正在實施的「42街發展規劃」，將把色情業「擠出地盤」。

萬惡淫為首

中國人的祖先早就告誡後人，「萬惡淫為首，飽暖思淫欲」。邪淫能使國失綱常，民失良知。而行淫者不但今生耗盡精血，死後也備受煎熬。《經律異相》云：「犯邪淫者，男抱銅柱，女臥鐵床。」「慾海無邊邪淫起，銅床火柱是家邦。」他們在地獄裡「身

抱火柱,慘受炮烙煎烤,血肉焦糊,成灰成燼,隨風復生,重撲
火柱,周而復始,猶似飛蛾撲火,明知淒慘苦痛,卻情不自禁。
至罪消畢,投墮畜牲報,縱得人身,亦受貧賤多疾短命,及眷屬
不貞之餘報。」

　　以《花花公子》的玩伴女郎為例,儘管為了成名讓自己的裸
照登上該雜誌是大多數模特的夢想,但這也是件非常「危險」的
事:短短 40 多年裡已有至少 25 位「玩伴女郎」意外死亡,其中
3 人死於謀殺、5 人死於服藥或吸毒過量、4 人死於慘烈車禍、12
人死於癌症等疾病、1 人死於墜機。莫非傳說中的「淫亂詛咒」
應驗了?

第三節

男女間的方圓

俗話說：沒有規矩，不成方圓。世間諸事皆有一定的規章限度。孔子曰：「飲食男女，人之大欲存焉。」在漢字體系裡，一個男子的子字，加上一個女子的女字，就組成了「好」字，因此，男女交好是人類的正常狀態，如果是孤男、獨女、男男、女女，其卦象就不吉了。同時，古人還講男女有別，男主外，女主內，男人剛強熾熱如太陽，女人婉約陰柔似月亮；男人沉穩如山，女人細膩若水。然而，當今末法時期陰陽反背，男不男、女不女，性別認知錯亂處處皆是。

中國已進入剩男時代

唐代名醫孫思邈說得很明確：「男不可無女，女不可無男，無女則意動，意動則神勞，神勞則損壽……強抑鬱閉之，難持

易失，使人漏精尿濁，以致鬼交之病。損一而當百也。」不少人有正常的色慾之心，但沒有條件，於是強行壓抑，結果導致各種病變。

在正常社會裡，男人與女人的比例大約是 103 比 100，俗話說，人間「有剩菜剩飯，無剩男剩女」，每個人都能找到適合自己的另一半，所以性壓抑在中國數千年來基本上都不存在。

然而，自從中共 50 年代逼迫婦女充當「生十個孩子」的「英雄媽媽」，從而導致人口大爆炸後，之後又在 80 年代搞「只能生一個」的計畫生育。為了生個兒子養老，很多人只留下兒子，把女胎流產或拋棄了。據中共官方統計，目前中國 90 後的孩子，男女之比為 123 比 100，實際情況更糟。中共人大調查顯示，早在 2007 年中國已進入「剩男」時代，男性已比女性多出 3700 萬人。再過 20 年，至少十分之一的男子將成為光棍，這無疑是社會動盪的巨大隱患。

性放縱釀苦果

古人知道，「房中之事，能殺人，能生人，故知能用者，可以養生，不能用者，立可致死。」於是，道家的房中術在中國廣為流傳。房室生活必須有節制，這是人們的共識。《黃帝內經》明確反對強力入房和醉酒入房，並指出，「以欲竭其精，以耗散其真」，勢必弄得「半百而衰」。孫思邈尤其反對「兼餌補藥，倍力行房」，這將「精髓枯竭」甚至「推向死近」。元代李鵬飛在《欲不可縱》中指出，房事過多過濫會使真元耗散，髓腦枯竭，腎虛陽痿，耳聾目盲，肌肉消瘦，齒髮搖落。消渴病（糖尿病）

及各種虛損病，也大多與房勞捐傷有關，更嚴重者會命同朝露。

最明顯的例子就是那些美女盈後宮的皇帝，由於沉溺酒色，淫逸無度，很多都英年早逝。比如東漢 13 個帝王中，4 個因遺傳體質弱而在幼年夭折，6 個只活了 30 多歲，由此可見縱慾對自己與後代的惡果。

漢成帝劉驁學識淵博，也很開明，又逢太平盛世，上下和睦。然而他酗酒好色，趙飛燕、趙合德姐妹擾亂宮廷，使劉驁成為第一個死於春藥的君王。據說由於荒淫過度，劉驁得了陽痿，有方士獻上仙丹，每次一粒，功效如神，趙合德的芳心大悅。為了得到 10 倍的歡悅，她一次就叫劉驁吞下 10 粒，御床上顛鸞倒鳳，「笑聲吃吃不止」。然而到了午夜，劉驁陷於昏迷，好容易挨到天亮，有點甦醒，勉強下床時，一頭栽倒在地，急抬到床上，精液凶猛湧出，不能停止，褲子被子全被沾污，剎那間氣絕身亡。如今壯陽藥盛行，其結局可想而知。

縱慾自取滅亡

古人把性生活當成夫妻感情交流的方式，強調兩情相悅。早在馬王堆漢墓竹簡《天下至道談》中就有：「先戲兩樂，交欲為之，曰智（知）時。」關於房事頻率，孫思邈提出：「人年二十者，四日一泄；三十者，八日一泄；四十者，十六日一泄；六十者，閉精勿泄，若體力猶壯，一月一泄。」

古人特別禁止在醉酒的情況下行房，「大醉之子必癲狂」。晉代詩人陶淵明雖有「采菊東籬下，悠然見南山」的心境，但他幾乎天天醉酒，結果所生五個兒子皆智慧低下。雙胞胎兒子 13

歲了，還分不清 6 與 7 孰大孰小，他感嘆說：「天運苟如此，且進杯中物」，殊不知正是杯中物害了他。

人類學研究發現，能製造金字塔的古埃及人智力高超，按照《聖經》記載，當時的猶太人由於智力相對劣勢，而給古埃及人充當了幾百年的奴隸。猶太人的平均智商達約 117，可想而知當時埃及人是非常聰明的。然而由於混血交配、放縱奢侈等多種因素，如今生活在埃及那塊土地上的現代埃及人，已經不是古埃及人種了，目前埃及人的平均智商只有 84。

同樣的變種發生在近代日本人身上。上一代日本人的平均智商為 108，而年輕一代很多連簡單的數學題都不會。有人把這歸咎於近代日本男人的淫亂生活。日本的 A 片、「援助交際」、賣淫風俗業的昌盛，使人種素質發生了變化。目前這項調查還在進一步深入中。

近年來在對瑪雅木乃伊所做的醫學檢查發現，很多瑪雅城市莫名其妙地衰落下去的原因，很可能和疾病——特別是花柳病——的蔓延有關，因為瑪雅人對地球的細菌沒有免疫力。人們知道，把梅毒帶進歐洲大陸，是阿芝克人和印加人對西班牙人的報復。這種新型疾病同幾百年前橫行一時的黑死病一樣，使死亡席捲了歐洲和亞洲。

節制方能養生

佛教認為性愛是由無明所造成的一種執著的行為，僧人選擇了放棄欲望所帶來的執著而進行五戒的修行，斷除欲念，獲得明心見性。普通人放不下欲望，但節制欲望則是人人都能做到也應

該做到的。

談到養生，《黃帝內經‧素問》開篇就談到：「上古之人，其知道者，法於陰陽，和於術數，食飲有節，起居有常，不妄作勞，故能形與神俱，而盡終其天年，度百歲乃去。今時之人不然也，以酒為漿，以妄為常，醉以入房，以欲竭其精，以耗散其真，不知持滿，不時禦神，務快其心，逆於生樂，起居無節，故半百而衰也。」彭祖曰，「上士別床，中士異被，服藥百裹，不如獨臥。色使目盲，聲使耳聾，味使口爽，苟能節宣其宜適，抑揚其通塞者，可以增壽。」

男女有別 各司其職

全世界只有共產國家才強調男女一樣，其實男女有別不但為歷史所證明，也被現代科學所證實。男人剛強熾熱如太陽，女人婉約陰柔似月亮；男人沉穩如山，女人細膩若水；也有人戲稱：男人來自火星，女人來自金星；男人情緒苦悶時格外需要獨處，以便忘卻煩惱、整理思緒；然而苦悶的女人則喜歡藉由談話抒發心情，與他人分享內心世界，從對方的聆聽中感受到關懷。

中國古人講男女有別，男主外，女主內，男字由一個田字和一個力量的力字組成，意為男人在田裡幹體力活；女字是個象形字，既像母字去掉兩點（匿藏兩乳），又代表一個跪坐著、雙手溫文的放在胸前的女人形象。

然而按照《周易》的說法，目前末法時期是陰盛陽衰的時代，很多女人的主元神是男的，很多男人的主元神卻是女的，於是人們經常聽到的話是：他（她）怎麼男不男、女不女的？整個世界

出現了陰盛陽衰、性別認知錯亂的狀態。

道德是天定的規章 不可逾越

關於道德與性約束之間的關係問題，一直是宗教信徒與無神論者最大區別之一。無神論者由於不承認在人類之上還存在著管理人類的高級生命（佛道神），而道德正是高級生命為人類生存確立的規範。神規定人只能和自己的配偶發生性關係，其他的性交就被神視為淫亂。在所有正統宗教中，無論民族文化差異如何，「萬惡淫為首」都是傳統人類社會共同的道德理念。

翻開人類歷史，那些未能成功對性道德加以約束的民族，最後都被歷史所淘汰，無論是古巴比倫、古希臘、古羅馬，或者是瑪雅文明，全都如此。也就是說，如果歷史上人類不約束性行為，也就不會有今天的文明人類。

3800 多年前，巴比倫城以其豪華壯麗著稱於世，世界上第一部法典《漢謨拉比法典》就刻在一根高 225 米的黑色玄武岩柱上，後來的希臘、羅馬文化都深受其影響。史書記載，尼布甲尼撒二世時，巴比倫的「空中花園」成了奢華和淫蕩的象徵，許多神廟裡都充斥著妓女。由於縱慾的結果，男子體質急劇下降，全國性病流行。西元前 500 年左右，波斯國王幾乎沒有遇到任何抵抗就占領了巴比倫，西元前二世紀，古巴比倫被沙漠徹底摧毀。

史學家們評論說，同樣的淫亂悲劇發生在古希臘和古羅馬。比如當時羅馬有個卡拉卡拉大浴場，可同時供 2300 人入浴，男女混雜，淫亂的事層出不窮。羅馬不但有妓女節，還有同性戀節。從火山淹沒的龐貝遺跡中發現，那裡一是妓院多，二是酒店多，

連窮人都嫖妓，春宮畫比比皆是。羅馬後期同性戀和嫖妓成風，人們貪圖享受，迴避家庭責任，不生不育。羅馬帝國在經歷 4 次瘟疫以及戰亂後徹底崩潰，使得歐洲文明在一千年後的文藝復興時期才得以恢復活力。

據《聖經》記載，「上帝見人在地上罪惡很大，終日所思想的盡都是惡。」於是決定用洪水毀滅世界，潔淨地上一切的邪淫和強暴，僅將按照神的旨意生活的諾亞一家八口留在方舟中。

在中國歷史上，因為淫亂、亂倫導致國家毀滅的教訓也很多，是凡出現大肆淫亂的王朝終究毀於淫亂。以史為鑒，人們不難看出當今中國性泛濫所面臨的危機。何以解脫？唯有重建道德而已。

郭美美案的中南海絞殺

第十章

江澤民色情治國

中國大陸色情氾濫，中共官員帶頭淫亂、官媒推波助瀾、軍中更是大搞黃色產業，此與江澤民主政「黃色治國」不無關係，從其三名鐵桿心腹周永康、薄熙來、劉志軍令人瞠目結舌的淫亂事蹟，便能看出端倪。上行下效，淫亂成風。

江澤民帶頭淫亂色情治國，其情婦之一宋祖英被謔稱「國母」。（大紀元合成圖）

第一節

「色情治國」
江派三鐵桿淫亂令人瞠目

江澤民故意地助長淫亂風氣，其心腹鐵桿周永康、薄熙來、劉志軍（由左而右）個個是「淫棍」。（AFP）

　　大陸色情氾濫已是眾所周知，人們也或多或少耳聞央視的淫亂，2013 年 4 月，大陸網路瘋傳民眾嘲諷中共喉舌央視和《人民日報》的大樓照片和帖文，稱之為「單從建築就明白了中共為什麼淫亂」，引爆網路鬨笑，不過人們並不知道其根源在哪。其實中國大陸社會如今色情氾濫，中共官媒更是助長淫亂歪風，跟前中共黨魁江澤民的「黃色治國」關係密切。曾是一國之首的江澤民帶頭淫亂是國恥，「國臉」羅京（前央視主播）死於愛滋病、中央電視台的色情新樓，成千上萬中共官員的聲色犬馬，帶動上萬民眾一起看黃片等，這些都是國恥。

　　據《江澤民其人》一書中寫道，在江澤民的主政下，中共軍隊前所未有、前所未聞的大搞黃色產業，總參、總後、總政色情氾濫，沉溺於聲色犬馬之中。而且在江澤民故意助長此等淫亂風氣中，其心腹鐵桿個個是「淫棍」。以下列舉三人部分淫亂事蹟。

周永康有「百雞王」之稱

前中共政法委書記周永康是江澤民的鐵桿之最，在其任職期間不但頑劣執行江的迫害法輪功政策，更承繼了江的腐敗淫亂。

自去年重慶事件爆發來，伴隨薄熙來被停職、調查和雙開，在政變密謀以及活摘器官罪惡曝光國際的同時，其後台人物周永康的荒淫人生也不斷曝光。

據海外媒體引用消息人士說，王立軍出逃美領館時，掌握了許多證據，包括許多周、薄兩人染指女孩的情色錄影帶，而這些女孩都是薄熙來的富商密友、大連實德集團總裁徐明所提供。據已被捕的徐明供稱，他負責安排女性與薄熙來淫亂。另據調查，周永康則長期接受薄熙來提供的女性，包括歌手、女演員以及大學女生。周永康光是在北京，就有六處「行宮」可供淫樂。知情者稱，周早期從事石油工作時，便因性好淫樂被譏為「百雞王」。

被中共吹捧為「中國時尚民歌天后」的湯燦是薄熙來和周永康的「共用情婦」，更是捲入周永康、薄熙來政變的核心人物。

湯燦透過賣身監督中共高層，為薄熙來和周永康收集高層情報和「打通」要害關節。消息稱，自 2012 年王立軍闖美領事館以來發生的中南海一系列重大事件中都有湯燦的影子。而湯燦自 2011 年底、王薄事件爆發前就沒了蹤影，傳聞她已被判刑。

薄女郎 100 多？薄熙來荒淫令人瞠目結舌

薄熙來為了官場高升，在遼寧、大連任職時充當迫害法輪功的急先鋒，而得到江澤民的「賞識」。為延續江派在 18 大的權

力繼承，江澤民祕定薄熙來接任周永康的政法委書記職位，但此計畫被王立軍逃館打破。

2012 年 9 月 28 日，中共當局公布前政治局委員薄熙來涉入的「六宗罪」中，「與多名女性發生或保持不正當的性關係」這一控罪，尤為引人關注。

薄熙來生活糜爛、與眾多女人有染的傳聞一直在網路流傳甚廣。薄熙來家人幕後金主徐明也承認，他負責安排提供百名女姓供薄熙來淫亂，其中有 28 人為公眾人物，荒唐淫亂的生活令人咋舌。原大連電視台美女主播張偉杰與薄熙來之間的曖昧關係在大連曾引起轟動，令薄谷開來醋勁大發，至今張已神祕失蹤。

有消息稱，已經明確與薄熙來有性關係的女性即有幾十名，其中六名是他的祕書與重慶當局的幹部，包括一名重慶市的「全國最漂亮女警」。徐明也為他安排過三位明星，另有幾名是薄在北京任商務部長時有人送給他的，他「一直沒有玩膩」。

英國《電訊報》則報導，中共高層 2012 年 9 月 28 日開會決定薄熙來的命運時，很可能被一系列熟悉的名女人的名字勾住。薄熙來被指控有多名情人，包括一些最著名的中國女星。而且他也提供女人來性賄賂其他官員和商人。報導並引述觀察家的分析說，充斥著女星的央視和各地方電視台也因此早就淪為中共高官的「後宮」和「煙花巷」。

因揭露薄熙來而遭到其迫害的前香港《文匯報》駐大連記者姜維平曾多次撰文揭露薄熙來貪腐淫亂的黑內幕。他透露，薄熙來的祕書吳文康為討薄熙來歡心，在大連五星級富麗華酒店開豪華客房，提供數十名美女供其淫樂。

劉志軍玩弄三美女 付出 30 億

　　《大紀元》此前報導，中共官方內部通報稱劉志軍道德敗壞，玩弄多名女性。調查稱，僅山西商人丁書苗就為劉志軍提供了 3 名美女，這 3 位美女為丁書苗帶來了 30 億元的大項目。而劉為了 3 名美女居然付出 30 億元天價大項目的代價，讓人怵目驚心。

　　與劉志軍利益關係十分緊密的丁書苗獲得利益後，劉志軍通過其介紹獲得眾多情人，其中包括她投資拍攝的電視劇劇組演員。丁書苗出資 5000 萬元投拍新《紅樓夢》，但用不用哪個女演員、演什麼角色，最終取決於誰願意陪劉志軍上床。

　　據港媒報導，除了高鐵事故外，劉志軍還被牽扯出重大的經濟腐敗案件。據悉劉志軍還有 18 個情婦。目前網上曝光的情婦有女列車員、女護士、新《紅樓夢》的女演員、俄羅斯美女。劉志軍的情婦數量恐怕遠不止目前網上曝光的這些。

　　據財新《新世紀》周刊報導，2011 年 2 月的一天，一群執行特別任務的警務人員當天接到了北京高層「交代」下來的任務，前往六朝古都南京的老牌五星級酒店丁山賓館，帶走下榻於此的一名半禿的中年男子，此人即劉志軍。當時，他的房間內還有兩名提供特殊服務的女性。

　　有媒體報導稱，大陸貪官有 90％以上同時是色官，博主李守雲在博客中說：「劉志軍，原鐵道部部長，政府高級幹部，他腐敗程度著實令人震驚。在生活腐化上，他『嫖宿』不計其數，情婦達到兩位數。這個並不可怕，因為 96％腐敗官員有情婦。」

第二節

宋祖英淫亂被偷拍
背後主使嚇壞江澤民

江宋性亂光碟如果存在，
是誰有能力成功偷拍呢？

2004 年除夕的晚會，宋祖英的節目從年年開場第一個，被拿到了中間靠後的位置，給人感覺江已經開始失勢。

更令他膽寒的是，民間已經出現了公開的挑戰聲音。

2004 年 2 月 21 日，北京學者、二戰史研究會會員呂加平向中共中央、人大代表和政協委員寫了一封信，要求調查他所聽說的一些有關江澤民的事情和傳聞。信中詳細談到江澤民與宋祖英之間的醜聞，包括江往宋祖英手裡塞紙條、讓宋離婚、暗地與宋通姦、動用國庫為宋在維也納和悉尼辦演唱會、挪用海軍軍費給宋辦歌舞劇，以及為討好宋而動用 30 億元修建國家大劇院等。

早在 2003 年 3 月 26 日，呂加平就通過內部管道致函胡錦濤和其他 8 位中共政治局常委，同時抄送中央各大機關部委，要求正式立案調查江澤民的政治歷史問題。

江澤民克格勃特工身分陸續被揭

無獨有偶，半年後中國民主黨法國分部主席吳江在他長達 5 頁、8000 字的研究報告中引述前蘇俄情報局官員的回憶錄指出：江澤民是潛伏在中國的一名老牌克格勃特工。

江於 50 年代留學莫斯科期間，在蘇聯情報部門聲稱要揭發其欺騙中共組織部門、隱瞞漢奸歷史的威嚇，與在蘇聯特務提供女人和金錢的誘惑下，祕密加入了克格勃遠東局，承擔收集中共留蘇學生及中國大陸各種情報的任務。

威脅公布江宋性亂光碟 切中江要害

呂加平發表這封信之後，遭到江澤民的報復，失蹤了三天。後來網上出現一份最後通牒的帖子，聲稱若不釋放呂加平，就把江宋性亂光碟公布在網上。令人驚訝的是，這個匿名帖子發出之後第二天呂加平就被釋放了，顯然帖子切中了江的要害。

但問題是，誰有能力把江宋幽會這個極其隱密的過程以「完全是專業版」的品質偷拍出來？為什麼有人敢在江還沒有全退的時候這樣叫板？這些問題想起來就讓江不寒而慄。

2004 年 5 月，海外還出現了「踩江」的呼聲。

7 月 1 日，在香港的 50 萬人大遊行中，港人為爭取民主自由打出了各色橫幅，其中「踩江」的橫幅和圖片格外引人注目。當時很多路人都參加了「踩江」活動。曾慶紅指示把這個消息作為重大動態上報給胡錦濤，但胡的答覆是：「人民群眾自己的事情就讓他們自己去解決吧！」曾慶紅聽後半天說不出話。

第三節

央視大樓犯「色囚」風水

江澤民的情婦之一李瑞英。
（新紀元資料室）

　　中國人是最講風水的，特別是皇城根地的北京，自古以來中國人都把北京的風水與全國的國運聯繫起來。不過按風水大師的分析，自從江澤民當政以來這幾十年，北京的好風水早被新修的建築物給破壞了。除了天安門廣場附近那個江澤民為其姘頭修建的國家大劇院的「大墳包」之外，第二個最壞的建築物就是坐落在北京市朝陽區東三環中路的中央電視台新樓了。

　　民間有很多風水師用各自學說給出了不同的解釋，但答案都是一致的：這個建築群犯了大忌，都是諸如「朱雀抬頭」、「火燒天門」、「正北無靠」、「白虎抬頭」等，全是凶神惡煞的凶兆。

　　一位不願透露姓名的風水大師對《新紀元》表示，用最形象的話來說，這是個「色魔亂中華」擺出的凶相魔陣：大樓實體部

分酷似一個半蹲著的女人的雙腿和臀部，而旁邊那個被火燒的配樓就像男人的陽具。泱泱中華大國的首都竟然把一對男女生殖器擺放在其廣而告之的媒體中心，這不是色魔出世、禍亂人間嗎？就跟江蛤蟆非要修那個水下大墳包一樣，目的都是為了陰間的邪靈能更大規模地禍亂陽間的人類。

「這個大樓人們叫它大褲衩，最近也有叫『痔瘡』（智窗）的。其實你選好角度看，那個視窗部分是個口字，裡面那麼豎起來的，不是一根棍，因為它下面是分開的，像個人字。口字裡面一個人字，那就是囚。住在裡面的人多牢獄之災，那是肯定的。每天在大褲衩裡面鑽來鑽去的，央視的人不但自己淫亂，還會通過其節目把全國百姓都帶壞了。你看現在的大陸人，很難找到一個純潔的人了。不是身體骯髒，就是思想骯髒。這色魔禍亂全國啊。」

的確，「大褲衩」的荷蘭籍設計師雷姆・庫哈斯（Rem Koolhass）在他 2004 年出版的《Content》一書中，公然把央視新大樓圖形比作男女生殖器，很多大陸建築師，如南京東南大學建築學院教授鄭光復也早就提出，央視新大樓是一座「邪（斜）門」，「他（磯崎新）竭力推薦的庫哈斯方案，是不是一對生殖器象徵？那倒 T 形樓（燒壞的副樓）是否陽具指天，還帶有陰囊？」

作為央視新大樓設計方案的五位評委之一的磯崎新是日本建築師，以搞「生殖器建築」而知名，也正因為他的鼎力推薦而最終定標。有人幫腔說，自古以來，生殖崇拜從來都是神聖的，並不惡俗。不過說話人忘了，現在早已不是原始時代，現代色情早就取代了對生命的尊重。

央視「大褲衩」最後造價 150 億人民幣，在 100 多米的高空展開的「懸挑設計遊戲」、兩條直樓呈 6 度的斜角向外張開，一直向上延展。有百姓評論說，這樣傷風敗俗的東西，怎麼能不燒毀呢？

李長春祖護 央視台長安然退休

2009 年 2 月 9 日元宵節的晚上，大褲衩旁邊的那個「陽具」突然發生火災，大火足足燒了 6 個多小時，造成 1 名消防員死亡，6 名消防員和 2 名施工人員受傷，直接經濟損失 1.6 億元。一年後的 2 月 10 日，官方公布了調查結論，火災原因是央視違規組織大型禮花焰火燃放；施工單位大量使用不合格保溫板。於是，央視台長趙化勇被降級、副台長李曉明被撤職，央視新台址辦公室被罰款 300 萬元。

對於如此輕判，民眾義憤填膺。趙化勇把決定辦煙火的責任推給辦公室主任徐威，不過當公安部來阻止時卻阻止不了，這是一個小小的辦公室主任能夠做得了主嗎？徐威被拘留調查時，一口氣交代了很多問題，直接涉及高層貪腐，如趙化勇、李曉明的授意下，央視新址的數億投標項目分給了他們的親信、親友，最後弄得北京警方嚴厲警告徐威，只准交代自己，不許亂咬別人！

不過由於趙化勇得到李長春的包庇，儘管上億國家資產被毀，但他卻平安退休。此前，趙本該在 2008 年 10 月就退休，但由於李長春的關照，而繼續在央視這個肥得流油的地方當官。據說央視每年廣告收入 100 多億，「怎麼花都花不完，2011 年就有 127 億」。火災後趙曾代表央視表示道歉，但其道歉的理由只是出於

「給周邊群眾造成交通擁堵和生活不便」，隻字不提上億損失。

趙忠祥：玩弄女人的高手

不過，中國人歷來相信萬事都有個因緣。央視新樓能選中這個色情方案，跟其決策者滿腦子男盜女娼是密不可分的。不說央視台長的腐化了，就拿央視播音員來說，趙忠祥和李瑞英，就是一男一女的代表。

早在 2005 年趙忠祥就被爆出婚外戀的緋聞，後來事件發展成法庭官司，不過在央視的壓力下，法庭拒絕受理女方的起訴。不久在網易博客上，受害人姚穎以《從強姦到性虐待，我和趙忠祥那些不為人知的細節》為題，刊登了自己的三篇日記，詳細介紹了趙忠祥欺騙玩弄女性的種種醜事。

曾在央視當過保健醫生的饒穎稱她被趙忠祥的「溫柔」所迷惑，被他的這些「細心」所矇蔽，就那樣心甘情願和他在一起，「為了他，我沒有自我，為了他，我放棄家庭」。她寫道：在 1997 年 9 月，第三次見面時，趙忠祥以看病為名強姦了她。

「從此，我們開始了長達 7 年的婚外關係。趙忠祥好幾次抱著我，捧著我的臉幾次對我說：『嫁給我吧，我會好好待妳。』然而沒想到，幾年後他對我開始了肉體的虐待……」

「自從認識趙忠祥後，我為他做過流產、帶環手術，自殺過兩次，但始終沒有逃脫被他欺騙、控制、虐待的命運。為了他我不僅失去了工作，失去了家庭，而且還失去了原來的健康，患有腎炎、糖尿病、神經衰弱等疾病。但他還不放過我，幾次設圈套要把我送進監獄，並威脅說讓我和兒子出車禍……七年唯一的收

穆就是，我終於看穿了他的卑劣。」

李瑞英：替老相好看守陣地

　　民間有順口溜說江澤民是「家裡養著貓頭鷹，出國帶著李瑞英，聽歌要聽宋祖英。」說的就是江最著名的幾個情人。「貓頭鷹」指的是江澤民的元配王冶坪。王年長色衰，一身是病，江每次出國帶著她不過是為了顯示自己「糟糠之妻不下堂」，同時也是為了掩蓋他的各種醜聞。因為從 1999 年起，人們就開始傳江澤民與宋祖英的荒淫事，央視導演趙安還因此遭到江的打擊報復與判刑。

　　由於海內外媒體的披露，江的醜聞幾乎全國百姓都知道，他可算中共高層醜聞最多的。比如 2002 年夏天，宋祖英到四川舉辦專場演出，經江澤民批准，她享有的是副總理級以上的一級警衛待遇，不過那次現場近五萬觀眾著實開心了一把。當宋祖英唱到「小妹子要過河，哪個來背我喲？」台下幾萬名觀眾竟兩次齊聲應答：「江爺爺來背你喲！」江很生氣，下令調查，但下面敷衍了事。

　　相比宋美人的妖冶俗豔，李瑞英就遜色很多。不過外界評論李瑞英此女相貌平平，但很會故作媚態，每年政協會議都缺不了她。李瑞英有幾年是江澤民出訪時必帶的央視女主播，白天在電視上當傳聲筒，晚上給江澤民擺脫寂寞。江澤民比李瑞英大 38 歲，兩人還常常苟合在一起。後來還上演了「二英」大戰中南海的鬧劇。

　　有一次在江出訪東南亞前，宋祖英和李瑞英在中南海裡「撞

了車」。宋以死相逼要江把李瑞英立即趕出去，並且保證永遠不來往，就是帶李出國做電視報導都不行。宋祖英說：「有她沒我，有我沒她。」據說爭風吃醋中，江澤民不出聲，這等於是默許。李瑞英嚎啕大哭敗陣而去。從此江出國再也看不見李隨往，於是央視乾脆取消了播音員出鏡，只在播放江的新聞片時加旁白。

儘管在小宋的撒潑威脅下，李瑞英敗下陣去，但在央視新聞這個極其重要的陣地上，李瑞英作為江的貼身人，始終為江把守著。

「六四」之前，杜憲是最受觀眾歡迎的女播音員，1989 年 6 月 4 日，她和薛飛主持當晚的新聞聯播，身著黑裝，語速緩慢，播報了關於「六四」天安門血腥清場等新聞。她和薛飛隨後都被停止了中央電視台的播音工作。

因「六四」屠城而受益的江澤民曾說：「中央電視台有邢質斌當主播，李瑞英當新聞組組長，心裡就踏實。」所以 1947 年出生的邢質斌，一直霸在女主播的位置上，儘管很多觀眾強烈呼籲把「那張臃腫的老臉和肥胖的身軀」換下去，但央視主管都在江的更大壓力下屈服了。

江澤民信任邢質斌是從 1999 年 7 月底開始的。江澤民在 7 月 20 日利用職權擅自發動對信奉「真、善、忍」的法輪功修煉者的鎮壓，邢質斌作為新聞主播表現的非常積極，不但唸完誹謗法輪功創始人的新聞，還臨場隨口捏造誹謗法輪功創始人的評論。

事後新聞組組長李瑞英告訴她說：「江主席說，妳發揮的很好。」

中共官員的荒淫是一種常態

有了江澤民的上梁不正，下面的中共貪官 96％都有二奶、三奶、五奶的，也就不足為奇了。薄熙來玩弄了 100 多個女人，前上海市委書記陳良宇也與多名女子有婚外情，甚至有女人多次為他墮胎。

2010 年 12 月，柘城縣安監局局長董福民強姦一個女孩子，致其大出血後身亡，事發後，董福民迅速擺平此事並封鎖消息，最後他反而調任至縣財政局任副局長兼黨委書記。2011 年，河南永城市委常務副祕書長李新功強姦數十名未成年幼女案，在網上鬧的沸沸揚揚。

河南省鎮平縣政協原副主席吳天喜先後強姦 24 名中學生。中共官員強姦未成年幼女，已如毒瘤般在大陸各地蔓延。據說原最高法院副院長、二級大法官黃松有特愛嫖幼、買處，「嫖宿幼女」法案立法就是他為自己量身訂做的「護身符」。

中國在 1997 年之前，嫖宿幼女一律歸入強姦罪，按強姦論處。可 1997 年的刑法修改，將「嫖宿幼女罪」從強姦罪中分離出來，成了一個單獨的罪名。強姦罪的最高刑罰可判死刑，而嫖宿幼女罪的最高刑罰只是有期徒刑 15 年。所以，主廢派認為，「嫖宿幼女罪」成為權錢階層的「保護傘」和「免死牌」。截至目前為止，是否併入強姦罪，雖經冗長的討論，但還僅止於人代會研議中。

聖經《啓示錄》中的大淫婦

《聖經啟示錄》可以說是一部最怵目驚心的預言書。它用種

種鮮明的異象完整地構畫出最後大審判時，惡人注定將面對的恐怖景象。誕生於二千年前《聖經啟示錄》裡面談到世界末日來臨時，會出現三個東西：赤龍、獸、大淫婦。根據內容，專家們普遍把「赤龍」解讀為「中國共產黨」，「獸」指江澤民，而「大淫婦」就是指北京城。為什麼北京會成為一個淫穢之地呢？

《啟示錄》是這樣描述這個大淫婦：「地上的君王與他行淫。住在地上的人喝醉了他淫亂的酒。」「你所看見的那女人，就是管轄地上眾王的大城」。「她成了鬼魔的住處，和各樣污穢之靈的巢穴，列國都喝了這娼妓淫亂的烈酒，地上的國王跟她行過淫，世上的商人從她的淫蕩發了大財。」

對比今日北京，北京無疑是最具權勢和財富的城市，世界上沒有一個城市的集權可以與之相比。世界各國那些唯利是圖的商人，為了市場盈利，都以犧牲道德來迎合北京的各個要求，此中的骯髒交易實與最淫蕩的娼妓無異。

今日京城上上下下集賭、毒、黃、權色交易、腐敗於一體，方方面面充滿了貪污腐敗，對內壓榨人民，對外奴顏媚骨，色情、毒品、軍人俱樂部、老幹部俱樂部等糜爛至極，外表卻給人一種表面的虛假繁榮，地地道道的以「邪術迷惑世上的人」。央視新樓能出現那樣噁心的色情標記，那是中國人的「國恥」，也是「大淫婦」最真實的表露。

萬人鬧市觀黃片 國已不國

2012 年 6 月 19 日晚 7 點左右，河南省平頂山市中心、人口最密集步行街的 LED 廣告大電子屏上，連續播放了 20 多分鐘的

日本成人女星蒼井空的 AV 片，有萬人觀看。據說是家具城工作人員李某把色情光碟安裝在與室外電子螢幕相連的電腦上進行播放的。

消息傳出，很多人都很驚愕，但也有不少人不以為然。此前，在 2011 年 10 月 19 日，浙江省永嘉縣甌北鎮羅浮大街和雙塔路的交叉路口的大型 LED 廣告牌上，也曾播放了十幾分鐘的歐美 AV，過往行人看得目瞪口呆。事後調查得知，是 LED 廣告屏管理單位的員工私自在與廣告屏相連的電腦上看 AV 片造成的。

這個被調侃為「萬人觀黃片的世界紀錄」，顯示出中國社會的淫亂現象已經到了何其嚴重的程度。《真實的江澤民》一書中指出，自從 1989 年江澤民當政以來，中國人推崇的是「悶聲發大財」，特別是 1999 年開始對信仰「真、善、忍」的法輪功群眾的鎮壓後，中國人的道德水準一日千里的下滑，正常的價值觀遭到徹底的顛覆，傳統的家庭觀、婚戀觀遭到前所未有的褻瀆。

特別是在中共各級官員和各類媒體的推波助瀾下，在所謂搞活經濟的藉口下，官方變相默許色情業的猖狂氾濫，人們笑貧不笑娼，性解放、性自由的淫邪思想滲透到社會各個階層。調查顯示，被查處的貪官中 95％有情婦，腐敗的官員中 60％以上有「二奶」。1999 年在廣州、深圳、珠海公布的 102 宗官員貪污受賄案件中，「包二奶」的概率更是高達 100％。據《東方早報》稱，僅在東莞小鎮，「東莞小姐」的數量就超過 10 萬之眾。

近年來，網路色情「方興未艾」，以性為主題充滿色情誘惑的內容幾乎可以用「滿目皆是」來形容，一些年輕人在不知不覺中喪失了人類最基本的人倫廉恥觀念，甚至還出現了群體「換妻」的亂倫取樂。

先賢早就告誡我們：歷史證明，性的全面墮落是一個民族走向覆滅的先兆。今日的中國真是「色魔亂中華」，「萬惡淫為首」，這句話是有深刻內涵的。一個放縱色慾的人，他會一步步走向罪惡深淵。

曾是一國之首的江澤民淫亂是國恥，被稱為國臉的羅京死於愛滋病算國恥，中央電視台新樓的色情標誌是國恥，千千萬萬的中共官員每日聲色犬馬還照樣當官是國恥，上萬民眾一起看黃片也是國恥，……假如這麼多的國恥都不能從色魔的控制下喚醒中國人，那這個民族危險至極也！

第十一章

舌戰翁濤 賭博被抓

2011 年 11 月 3 日，郭美美在微博上指責中紅博愛資產管理
有限公司總經理翁濤為爭奪中紅博愛股權，誣陷自己被該公
司董事「王軍」包養，還曝光翁濤曾包二奶、坐牢等舊聞，
掀起微博罵戰。

郭美美、翁濤（右）兩人微博相互揭醜。
圖為 2014 年 7 月《人民網》報導稱郭美美
乾爹王軍疑被供出，但配圖卻是翁濤。

第一節

中紅博愛董事之間的戰火

2011 年 6 月 21 日，郭美美在微博上炫耀其奢華的生活方式，並自稱是「中國紅十字會商業總經理」，引發網友熱議，一夜竄紅。隨後在 2011 年至 2014 年間，郭美美宣布專心進軍娛樂圈，並繼續在微博炫富、張揚，導致醜聞頻頻曝光：

2011 年 11 月 3 日，郭美美在微博上指責中紅博愛總經理翁濤誣陷自己被包養，還曝光翁濤曾包二奶、坐牢等舊聞，掀起微博罵戰。12 月，翁濤到深圳市羅湖區法院起訴郭美美。不過有趣的是，事後證明翁濤真的是曾包二奶、坐牢。

2012 年 9 月，郭美美在微博曬出了坐在寶馬車上的照片，同時還曬出了自戴的泰國佛像，聲稱價格昂貴，非誠勿擾。

2013 年，郭美美接拍以「海天盛筵」為背景的電影《海天盛宴》遭到網友抵制。

2013 年，蘆山地震過後，公眾仍然將郭美美事件作為紅會貪

污腐敗、挪用款物的代名詞。並聲明於 2013 年 5 月重新調查「郭美美」事件。

2013 年 5 月 11 日，郭美美起訴中糧集團奧迪車撞壞其瑪莎拉蒂一案終審宣判，郭美美勝訴，肇事司機賠 60 萬。

2014 年 4 月 9 日，郭美美被網曝出在澳門欠賭債 2.6 億，其經紀人只稱這是郭美美本人私事。

2014 年 7 月 9 日，郭美美因參與世界盃賭球活動被北京警方抓捕。北京市公安局在 10 日下午 18 點 15 分證實了此一消息。

下面我們具體來看看郭美美在這一系列緋聞中的回應。

郭美美揭中紅博愛 CEO 翁濤吸毒包二奶

2011 年 11 月 3 日晚間，郭美美與中紅博愛 CEO 翁濤的一場微博大戰，讓她重新進入公眾的視野。郭美美指責翁濤為爭奪中紅博愛股權，而誣陷該公司董事王軍包養郭美美為二奶，造成輿論失勢退出股權。郭美美還爆出翁濤曾坐牢、包養二奶等醜聞。

事情由一篇《南海紅會醫院把活嬰當死嬰丟廁所》報導引起，郭美美評論稱「這個社會很多人變態了」，被中紅博愛資產管理有限公司主席、首席執行官（CEO）翁濤回復稱「又見郭美美」，由此觸怒了郭美美，引發一場持續 6 個小時的相互揭醜口水戰。

郭美美一口氣提出三點質疑，翁濤誣陷別人（指王軍）包養二奶只為爭奪股權，在微博上滿口正義道德，把自己偽裝成企業老闆，私底下卻包養二奶，看似正人君子的往事卻不堪回首，並譏諷翁濤「牢裡的飯菜口味怎麼樣啊？」

此舉得到「不加 V」（網路名人木子美）的力挺，她認為翁

濤不是啥好人，真是想辦法把王軍踢出去，讓他已經投入的 500 萬打了水漂。

翁濤隨後用了四個小時一一回應郭美美的質疑，他承認自己在 2005 年 6 月至 2006 年 6 月在上海第一看守所坐過 360 天牢獄，不過否認爭奪王軍在中紅博愛的股權，他說：「我用得著去搶王軍的股權嗎？股權是可以搶的嗎？託妳的福，現在中紅博愛股權還有價值嗎？是誰造成了今天這個局面。」

翁濤一再聲稱自己有證據證明「郭美美是王軍的女朋友」，並立下賭約，如果能證明則要求郭美美退出微博，放棄娛樂圈。不過，翁濤對被指包養二奶一事並未回應。

對於翁濤咄咄逼人的質疑，郭美美口氣似乎鬆動，反問道：「就算我是王軍的女友，用得著你來說嗎？……你倒是拿出證據來證明啊！……」

翁濤並未順勢追擊公布證據，而是岔開話題，指責因為郭美美微博炫富的腦殘行為，災民該得到救助的得不到救助，「妳進入娛樂圈可有想過如何贖罪？」

郭美美稱，「老百姓要的就是（紅會）公開透明度，起碼我的腦殘行為也改革了不少！」

郭美美事件男主角王軍，是中紅博愛前董事，持有深圳物華公司 10 ％股份，而物華公司持有中紅博愛公司 60 ％股份。2011 年 7 月郭美美炫富事件發生後，王軍已辭職，此後一直未在媒體公開露面。據郭美美接受採訪時稱，王軍財富不止幾千萬，並暗示有幾十億元。

不過不到半年，翁濤就被人舉報關進了監獄，很多人猜測是郭美美利用其後台幹的。

網友：火速圍觀狗咬狗

此次兩人微博相互揭醜的口水戰，從翁濤《美美也瘋狂》博客裡的大批網友留言，可以看到悉數網友均抱以「圍觀」「看戲」的態度觀看此事。網友評論：「無聊的下雨的周末，看狗咬狗是件不錯的事情。」「看戲，反過來鬥誰更賤，有意思！有意思！兩個都該死！」「跟個小女孩吵架，沒身分，跟個你所說的二奶吵架，顯得你沒檔次，跟郭美美吵架，更顯的你沒品，人小女孩是無知，你是無恥。」

翁濤爆出王軍 爆料人遭媒體移花接木

2014 年 7 月，「人民網」援引報導稱，郭美美乾爹王軍疑被供出。但該報導的配圖顯示，郭美美的「乾爹」卻是爆料人本身。爆料人認為官媒此舉是在故意傳謠。

官媒報導郭美美乾爹 另有其人

7 月 25 日晚，現任中紅博愛資產管理有限公司董事局主席翁濤發布微博爆料稱，王軍被北京東城區公安局帶走，疑跟郭美美有關。

翁濤微博原文稱：「昨晚 8 時左右，王軍在深圳被北京東城區公安局帶走，今早已帶往北京，至今已超過 24 小時，家裡尚未收到有關方面通知，據說律師今天前往東城區公安局要求會見也未獲安排，希望公安部門根據法律規定盡快通知家屬並給予安

排律師會見。相信此事跟郭美美有關！」

以上信息很快被刪除，但在多個官方網站上出現。

28 日，中共官方媒體「人民網」轉載了上述消息，在報導中使用兩張圖片說明是「郭美美和乾爹王軍」的合成圖片。隨後，各大官方媒體紛紛轉載了「人民網」的上述報導。

照片「主人」指官媒有意「造謠」

對於官方媒體狂轟濫炸式的報導，翁濤很快作出回應。針對北京官方媒體援引「人民網」的失實報導，翁濤發布微博澄清，稱發布關於郭美美的微博，所引用的照片「是本人照片並非王軍照片」，並要求官方媒體即刻刪除，免得誤傳。

不久，《北京晚報》官方微博發布消息回應，並承認該配圖為翁濤本人，但卻未刪除該消息。

翁濤認為，作為北京官方媒體此舉是在故意傳謠，侵犯個體權利。他說，「《北京晚報》在得知本人照片被誤傳後，非但不刪帖致歉，竟然還狡辯說沒看到人民網鏈接裡面有註明，並且讓該帖繼續傳播，請問你引用人民網照片，照片底下的字你看不到？作為大報官網，能要點 X 臉麼？以後還有人能相信你們說的話嗎？再次警告《北京晚報》，如不即刻刪除並致歉，本人將採取法律手段維護自身權利。」

對於官方媒體近似「嫁禍、抹黑」式的失實報導，不少網路公眾表示憤慨。

「作家天祐」認為：「《北京晚報》轉發人民網文章並散布郭美美和翁濤的照片，稱翁濤就是郭美美乾爹。這是對翁濤肖像

權的亂用，並造成了事實上的侮辱和詆毀。而且，也有所謂的北京媒體人將翁濤先生的肖像畫成了漫畫並加以傳播。所以，強烈要求《北京晚報》和人民網向翁濤道歉！」

還有民眾表示：「你們還能再無恥一些嗎？你們這麼配圖，連一點媒體人的常識都沒有嗎？」「官方為掩蓋一個錯誤，它們會製造若干個錯誤去掩蓋！」

中紅博愛董事長翁濤吸毒被拘

就在與郭美美對罵 4 個月後的 2012 年 3 月 24 日，翁濤因涉嫌容留他人吸毒，在深圳羅湖區一酒店式公寓內被羅湖警方抓獲。據警方介紹，3 月 24 日 7 時許，羅湖區黃貝派出所接報稱，某酒店式公寓內有人販毒。接報後民警立即趕到現場，當場查獲劉某（女，39 歲，江西人）、韓某紀（男，35 歲，吉林人）兩名嫌疑人，並繳獲疑似毒品若干。後據劉某供述，民警又在該樓另一房間內，當場查獲嫌疑人翁濤（男，48 歲，廣東人）及徐某桃（女，27 歲，安徽人），繳獲疑似毒品及吸毒工具若干。

等到了 2012 年 4 月 20 日，官方報導說，原中紅博愛董事長翁濤因「容留他人吸毒」罪名被逮捕。

報導說，2012 年 3 月 24 日早上 7 點，羅湖區黃貝派出所接報稱，丹楓白露公寓式酒店內有人販毒。接報後民警立即趕到現場，當場查獲 39 歲的女子劉某和 39 歲的韓某紀兩名嫌疑人，並繳獲一定量毒品。

後據劉某供述，民警又在該樓另一房間內當場查獲嫌疑人翁濤及 27 歲的安徽籍女子徐某桃，繳獲毒品冰毒及吸毒工具若干。

據了解，徐某桃有吸毒前科。隨後，翁濤因涉嫌在其租住的酒店房間內「多次容留他人吸食毒品」被羅湖警方刑事拘留。

48 歲的翁濤被刑拘前是中紅博愛資產管理有限公司董事長，因為 2011 年曾在微博上以「中國紅十字會商業總經理」的名義，與炫富的郭美美在微博上「掐架」多個回合而出名。當時，郭美美就曾在微博上稱翁濤吸毒，而翁濤隨後的反應是去法院狀告郭美美誹謗。顯然，郭美美的爆料成為事實。

翁濤被批捕 網友熱議

翁濤吸毒被拘，看來「乾爹」能耐不小啊！

哥心疼哥在學校那時候給紅十字會捐的那點錢和會費。

又到獻血季，又見郭美美！「花兒為什麼這樣紅，英雄的鮮血染紅了她」，郭美美為什麼這樣美，無償獻血澆灌了她！

有頭有臉的人都是這般德行的呀！這下紅會又大揚其名了。

郭美美上面有人呀，而且是大來頭，說過郭美美壞話的朋友當心，小心跨省！只談風月，莫談煩人事不是更好嗎？

有錢捐給這些所謂的基金會！還不如自己送給需要的人！做慈善難道就得要通過你們這些基金會仲介才叫慈善嗎？

對於翁濤的被抓，很多民警、律師均對此表示不能理解：吸毒最多只能行政拘留，不可能被刑事拘留。「記者就此採訪了出動民警將翁濤帶回的黃貝派出所龍所長，其稱，翁濤是屬於『輪流吸毒』，與普通的吸毒不一樣，所以才被刑拘。」「有警方內部人士表示，該案件較敏感，『綜合因素導致了翁濤被抓，不然你以為那麼多人吸毒，為什麼偏偏是他被抓？』該人士認為，翁

濤本人也存在一些問題，其透露翁濤在個人生活作風上存在的一些問題，然而他也承認這些並不足以致罪。警方稱，接下來將按程式，把翁濤的案卷上報給檢察院。」

慈善機構官員吸毒 再挫公眾善心

作為慈善機構的官員，因「容留吸毒」被拘，不僅是「自毀形象」，而且，如此問題勢必又會再一次讓公眾的善心受到挫傷。這些年來，有關慈善管理機構曝出的各類醜聞，可謂是屢見不鮮，特別是沸沸揚揚的「郭美美事件」，更是引爆了公眾對於公益慈善管理機構的強烈不滿。儘管最終「郭美美事件」不了了之，但是，公眾對於公益慈善信息公開透明的呼籲，卻是一浪高過一浪。

事實上，就在「郭美美事件」曝出之後，翁濤所表現出來的態度，儼然一副「正人君子」的作派，加之其在微博上對諸多社會公共事件的關心，使得其在公眾心目中有著不錯印象。然而，這一次因「容留吸毒」被拘，最終讓翁濤露出了自己的真實嘴臉。對於公益慈善機構來說，不僅承擔著募集善款、傳遞愛心的責任，而且，更需要在方方面面來引導公眾樹立健康向上的生活方式。

然而，作為中紅博愛董事長，居然在酒店與他人共同吸毒。如此行為，不僅又一次影響到了公益慈善組織的社會形象，同時，也讓公眾的善心受到一定的挫傷。作為公益慈善機構的董事長，怎能幹出如此違法亂紀的勾當？而慈善機構這樣的官員，是否還存在著其他更多的問題值得有關部門對其調查呢？

第二節

因賭博被抓

澳門欠賭債 2.6 億 被曬照片「追債」

2014 年 4 月，據香港媒體報導，曾自稱中國紅十字會高層而罵至滿城風雨的「炫富女」郭美美再成為網路新聞人物。一個追債網頁上傳了一張「郭美美」相片，指一位 1991 年出生的湖南女子「郭美美」由 2012 年起拖欠 2 億 6000 萬元款項至今還沒有清還，更透露有人稱會有老闆替她還錢，可惜債主至今未收到還款。網頁同時另附多張「郭美美」泳衣照及生活照，相中人與炫富女郭美美相似，但報導無法求證郭美美是否真的欠債。

該個由澳門博彩業人士 2013 年成立的追債網頁「美好世界」會列出在澳門欠債人士資料，當中大部分是在澳門欠下賭債，之前曾列出一間大型火鍋店負責人名字，這次再現名人「債仔」惹起網民熱烈討論，而該網頁聲明條款列明資料提供者願意就內容

承擔全部法律責任。

三個月後，郭美美因賭博被抓。

2014 年世界盃期間，北京警方打掉一個組織賭球的團伙，該團伙在境外賭博網站開戶，通過電話、微信等形式下注。郭美美被抓後，承認自己參與了賭球。她表示，通過別人介紹在網上下注，買了三天的球。

7 月 14 日，郭美美等人因涉嫌賭博被東城警方依法刑事拘留。根據警方的調查，郭美美先後 60 餘次往返澳門、香港及周邊國家進行賭博。

調查顯示，一名叫阿水的男子給郭美美拿了 50 萬的籌碼，但被她很快輸掉。曾有一個澳門賭博欠債網站為了借郭美美炒作網站的知名度，網站負責人傑某給了其 40 萬的籌碼，也被輸掉。

2012 年底，郭美美在澳門賭場認識了從事職業德州撲克賭博的南非籍男子 CO，僅認識四、五天，兩人就成為情人。2013 年初，兩人策劃在北京開設賭場。當年 2 月，郭美美的助理呂某出面，在朝陽區北京公館以每月 1.9 萬元的價格租下其中的一套一居室當作賭場。郭美美與 CO 購置了賭桌、籌碼、POS 機等。

郭美美等人的供述顯示，CO 讓郭美美叫她的朋友過來參賭，每一把郭美美抽水 3% 至 5%。第一次抽水 7 萬元，郭美美看不上，對此頗有怨言，聲稱「還是女人當家，下次我自己組牌局」。郭美美聘請專業的發牌手（「荷官」），找專人負責賭資結算，並親自打電話或通過微信等形式邀請她社交圈的「朋友」上門聚眾賭博。

北京新興醫院的朱某是其中一名參賭者，10 年前曾在一個飯局上與郭美美有一面之緣，那時候只知道她叫小美。2013 年 2 月，郭美美給朱某打電話時，他已經記不起對方。當天，郭美美從晚

上 8 點一直打電話到夜裡 1 點多，力邀朱某參加賭局。在電話中，郭美美號稱她那邊的朋友都是「有實力有名望的人」，以牌會友。

當天凌晨 1 點多，朱某按照郭美美提供的路線找到賭局，結果在兩個多小時的時間內，一輪就是 40 萬。朱某說，當時他說自己沒帶錢也沒帶卡，郭美美主動為他提供了 10 萬元籌碼。當朱某不肯再玩並要求改天給錢時，郭美美一改之前的態度，「惡狠狠地拿起電話，要叫其他社會上的人」。郭美美男友將朱某的包奪走，倒出包裡的東西，並將朱某的身分證扣押。

當天，朱某被郭美美及其男友控制到天亮，並寫了一張欠郭美美 40 萬元的欠條，郭美美又安排助理「陪同」朱某回單位取錢，朱某方才脫身。此後，郭美美多次指使其助理找朱某追債，揚言不還錢就封朱某的新興醫院，截至被拘留前，朱某已先後還郭美美所欠賭資 31 萬元。在朱某的眼裡，郭美美是在以賭博的名義詐騙，「她是很惡的一個人，特別惡劣，特別惡毒」。朱某稱，北京警方對郭美美的清理很及時，要不然還有更多的人受害。

2015 年 9 月 10 日郭美美被審判時，檢察院指控郭美美「後於 2013 年 3 月 13 日晚至 14 日凌晨、6 月 26 日晚至 27 日凌晨、7 月 1 日晚至 2 日凌晨，在北京市朝陽區某國際公寓房間內開設賭場，進行賭博活動。三次賭資數額共計人民幣約 317 萬元。」直到 2014 年 7 月被抓。從朱某的這段控詞中可以得知，2004 年郭美美已經來到北京了，並在一個飯局上認識了北京新興醫院的朱某。

網路上流傳一張郭美美 14 歲生日時，手舉幾束鮮花的照片，給人眾星捧月一般的感覺。也就是說，早在 2004 年郭美美的生活就不一般了，她是跟隨母親或親爹或乾爹，和醫院的一些人聚餐吃飯，和財政部副部長、原紅十字會副會長的王軍關係不一般，

和當時的中宣部部長劉雲山連上了關係？不得而知。

中國賭球業非常猖獗

郭美美因賭博被抓，從一個側面反映出中國地下賭博業非常發達。

賭博是不是好事，見仁見智；有人認為賭能滿足冒險、娛樂的需求，有人卻為此傾家蕩產。相較於西方社會成熟的博彩業，假球成風的中國是否也有可能發展健全的博彩文化呢？

大陸地下賭球一萬億

足球賽與其說是球迷們翹首以盼的狂歡節，不如說是賭球者的戰場、博彩業的盛宴。有專業機構預測說，2010 年世界盃參與賭球的人數可能達到幾千萬，而賭球金額約 100 億歐元（人民幣近 900 億元），其中超過 60％的增量賭資來自中國大陸和東南亞。100 億歐元大約可以舉辦三次南非世界盃了，然而更驚人的數據出現在中國。據北京大學中國公益彩票事業研究所所長王薛紅向大陸媒體透露，僅在 2009 年，大陸非法賭球交易額已近 1 萬億人民幣，超過 1000 億歐元。

2010 年 7 月 8 日香港警方公布，僅世界盃開賽以來的近一個月內，他們已查處非法賭資 3.5 億港元，是 2006 年德國世界盃的 4.7 倍。此前廣東和香港警方還聯手破獲了一跨境非法賭博團伙，逮捕 93 人，涉及賭款 70 億元人民幣（下同）。同日中共公安部也宣布在南非世界盃期間一共搗毀網路賭球團伙 600 多個，查扣

凍結賭資 5000 多萬人民幣。

賭球與假球

在英國大街上，隨處可見那個食指中指交叉以示好運來臨的彩票銷售點。博彩業作為英國文化的一部分，早已融入人們的日常生活。1960 年代英國博彩業立法後，賭球逐漸合法化。博彩公司的盈利也從坐莊變成細水長流提取投注者傭金的方式。由於監管嚴格透明，如今想操縱英超比賽的結果非常難，這跟大陸球賽形成鮮明對比。

目前英國已基本消滅了黑哨、假球等現象，因為英國博彩公司對每場比賽的投注都有詳細清單，監管機構可隨時查閱任何一筆交易的詳細情況。如果有大的賭博集團想操縱比賽，監管者根據盤口變化以及帳戶資料，能輕而易舉的查出幕後黑手。博彩公司的財務審計也在國家審計署的管轄範圍內。有趣的是，如今很多時候反倒是博彩公司揭發假球案例。

這與中國形成鮮明對照。2009 年 10 月中國足壇發生大地震，史無前例的「反賭風暴」令近百名教練、球員、裁判被捕，其中包括操縱足球比賽、涉嫌收受賄賂的足球協會副主席南勇、楊一民與裁判委員會主任張健強等三名高官。當時的大陸 300 萬元即可控制一場球賽結局，導致假球、賭球成風。

《中國賭球狂潮》一書這樣描述 2006 年世界盃：「賭球狂潮已席捲全球，僅世界盃期間，全球的投注額就創出 300 億美元的歷史最高紀錄，而且還不包括東南亞地區非法賭博集團所接受的地下投注。在中國，凡是足球氛圍較濃的城市，都是賭球較猖

獗的地區。僅廣東一省，世界盃期間的地下賭球投注額就有 200 億元之鉅；每個周末由香港流向澳門的賭球金額就高達幾億元。」

留學生充當球場觀察員

德國 2009 年在整治賭博公司操控球賽時，發現一位林姓中國留學生（小林）充當莊家的現場觀察員，不斷用手機給大陸賭博公司報告比賽進程。如球是否進了禁區、裁判是否判罰了任意球、角球或點球。由於擔心令當局尷尬的突發情況，大陸所有直播節目都有一分鐘的延遲，而這一分鐘正好讓莊家及時調整賠率，賺更多的錢。如一旦電話中得知罰點球，莊家立即下重注。小林以此方式每場比賽得到 60 至 120 歐元的報酬。

這事讓人聯想到 2008 年在英國紐卡斯被當地福建華人謀害的一對大陸留學生情侶楊振興和周茜。警方從其電腦紀錄中發現，楊振興也是為大陸賭球莊家充當現場觀察員，他時常在中文網站上刊登廣告，以 120 美元一場的報酬招聘各國「球場觀察員」。遇害前三年裡，兩人銀行帳戶共進出 30 多萬英鎊。由此引來黑社會下毒手。調查中警方還發現，楊振興在申請紐卡斯爾大學碩士課程時使用了假學歷證明，最後該校辭退了 50 名同樣涉嫌造假的中國留學生，此事在英國引起轟動。

巨額賭資流向國外

據中國公益金事業研究所 2007 年統計，中國每年外流賭金達 6000 億以上，占年度全國 GDP 的 2.5％左右。隨著國外網路

賭博公司在中國建立起類似於「傳銷金字塔」式的代理結構,越來越多的大陸人參與到國際賭球中。據查,目前全球大約有 2300 個賭博網站。

由於賽事不斷,賭球又簡單易學,幾小時就見結果,網路轉帳安全方便,而且利潤誘人,特別是在房市疲軟、股市低迷的大環境下,賭球業便在大陸迅速蔓延。從本質上看,無論是股市還是賭球,都是資本在不同人口袋之間的流轉,自身並不創造財富。只要有利可圖,社會資金就會從股市或房市流動到球市,這是熱錢本性所決定的。

有賭徒表示,與合法彩票相比,地下賭球產品線豐富,組織效率高,刺激指數更是彩票無法比擬的,故其產業規模和受歡迎程度都遠遠超過合法博彩。2008 年中國體彩和福彩的總銷售額超過 1000 億元,對於地下賭博業,王薛紅估計:「地下是地上的 10 倍。我到南方去調查,所有人都覺得我估的數字偏少了。」

中國賭球將合法化?

2009 年 5 月,中國首個《彩票管理條例》出台,參與起草的王薛紅一直贊同開放博彩,合法賭球。在她看來,賭是一種人性,能同時滿足人在冒險和娛樂兩個方面的需求,禁賭只能迫使人們通過地下賭或出境賭的方式得到滿足。「博彩可為政府提供大量稅收,輕而易舉賺取大量外匯,這樣的好事,我們為什麼不做?反而要把大量資金拱手送給外國人。」

賭博是不是好事,仁者見仁,智者見智。1970 年代以前,全球只有少數幾個國家或地區有賭場,如今則相反,像中國這樣沒

有合法賭場的國家竟變成了少數。2010 年初，中共國務院送給海南的「國際旅遊島」大禮中，包含了試水博彩業的條款。1 月 6 日亞洲盃預選賽，中國隊平淡無奇地與敘利亞握手言和，然而這次比賽因為第一次引入「中國競彩」的單場投注而熱鬧了許多。

競彩是中國體育彩票競猜遊戲的簡稱。當晚每注 2 元的競彩勝平負開獎賠率為 3.51 倍，波膽（0 比 0）賠率為 10.44 倍，總進球數（0 球）獎金為 9.99 倍，中獎彩民在中國隊身上獲益不小。有人說，這個競彩十分接近賭球，只不過它是合法的，但獎金額度不夠刺激。

昔日賭徒的「哭球」餐廳

北京回龍觀有個烤魚餐廳叫「哭球」，主人在接受媒體採訪時說，他用李清照的「生當做人傑」把自己化名為「任傑」，如今他已是中國民間反賭球的第一人。「哭球」餐廳的牆上，除了一張揭示地下賭球的多級代理的傳銷脈絡圖外，還有任傑女兒跪在球場上抱著足球埋頭痛哭的大照片。餐廳的菜單也別具特色，除了「黑哨」（豆豉烤魚）、「臨門一腳」（紅燒豬蹄），還有「辛酸球迷」（酸辣蕨根粉）之類與賭球有關的術語。

2002 年世界盃以來，儘管任傑有過一次贏了 75 萬元的經歷，但最終還是把苦心積攢的百萬存款、一家會展公司、兩套房子和一部汽車輸了出去。走投無路之際，他開了這家「哭球」餐廳，一來養家餬口，二來勸人戒賭。

仔細觀察會發現，中西方參賭者的心態大不相同。西方人把博彩當成支持慈善事業的一種方式，順便試試運氣，而華人賭徒

有的簡直就是在玩命。西方人沒錢玩就不玩了，輸光了有社會福利救濟，不會餓死人，而在大陸，輸光了就沒法活了，所以哪怕借錢也要再賭一把，結果把借來的錢也輸光了，就這樣惡性循環，逕直走向死路。

面對中國即將合法化的賭球，任傑表示，不管怎樣，賭博就是賭博，「我還是覺得不行。」

中國人的嗜賭和美國人的玩賭

美國南卡羅萊納大學艾肯商學院教授謝田 2006 年曾發表文章對比中西方人對賭博的態度差異。文章寫道：

認識一個很成功的亞裔美國商人，他的餐館經營的非常成功，菜式精美，味道純正，連外州人都聞名而來。看著客人川流不息，了解餐館業的人都說，這店的老闆肯定是要發大財了，但是這位老兄賺的錢卻都賠給了賭場！美國各地的刮刮彩最近突然熱了起來，各州的彩票銷售大幅增加。當初彩票銷售因為賭場和互聯網賭博的興盛而有所減少，現在又大幅度的增加。就是說，當今民眾謀求驟然變富的心態有增無減。

這些即時彩票，票價從 10 美元到 30 美元不等，大大高於一般彩票一塊錢一張的價格，中獎金額最高可達 100 萬美元。從 2001 年到 2005 年，刮刮彩銷售增加了六成；而從 2000 年到 2005 年，賭場的收入也增加了五成。雖然這些 2005 年給各州增加了 160 億美元的收入，其中三分之二用於教育。但社會有識之士認為，彩票的害處遠遠大於增加教育經費的益處。

在新澤西州，民主黨州長科贊建議說，把營業稅由 6% 提高

到 7%，以彌補州政府 45 億美元的赤字。但州議會兩黨人員都反對，怕影響選票，結果預算案未能如期通過。為此，導致大西洋城 12 家賭場可能被迫停業。

大西洋城的賭場關門，每天會損失 1600 萬美元的收入，州政府也每天失去 130 萬的營業稅。人們投入賭場的錢財，令人咋舌。

在賭場經理最佳顧客的名單上，美籍華人總是名列其中，因為華人嗜賭有名。從那些所謂「發財快車」的「壯觀」景象，可見一斑。說起中國人和美國人的賭博，的確是不一樣。中國人是真的去賭的，成百上千、上萬的往裡丟。而美國人則大多是玩玩，幾十塊錢下去，哈哈一樂，就走人了。

照說，按中國人的精明，應該知道賭博的賠率，總是莊家利多，但看著精明的華人周末從餐館出來，把辛苦賺來的錢賠進賭場，令人感慨萬千。

美國人大多不會真賭。我琢磨是因為他們有信仰，有宗教和道德的約束。至少，每星期去教堂，都有人提醒他們。宗教關於賭博，基督教聖經裡雖然沒有特別指責，但警告人們不要貪財，鼓勵人們遠離「不勞而獲之財」。而從佛家的理看，財富本來天定，依自家攜帶的德的數量、以往所積德、行善之事定奪，順其自然。而不義之財根本就不應該染指。

有意思的是，嗜賭的人往往以低收入階層為多。以前跟美國一個教會的長老聊天，問他對賭博的看法，他說賭博是窮人頭上的稅，是貪財的人、圖僥倖的人自發繳的稅，看來是很有幾分道理。

第十二章

郭美美翻供

郭美美 2014 年 8 月 20 日被以涉嫌開設賭場罪依法批准逮捕，一年之後在一審庭上翻供，而被重判處 5 年監禁。不過，相比之下，人們並不十分關心郭美美的刑期，而是想追問她跟紅十字會千絲萬縷的真相。

2015 年 9 月 10 日，郭美美在法庭上。（網路圖片）

第一節

各界評論郭美美電視認罪

如果有自由媒體，郭美美尾巴早露了

■轉載自喻培耘的博客文章：

2014 年 8 月，就在人禍天災頻發、民怨沸騰之際，官方突然密集放出郭美美承認賣淫、洗白紅會的消息。對此，不用多高的智商，我們都明白，這個事情是有玄機的。

事情絕不可能像這幾天官媒報導的那樣簡單，至少有幾點是可以確認的：

第一、郭所花的、所炫的動輒以億計的錢，不可能全來自賣淫，她的肉價不可能那麼高。

第二、郭這幾年發出的能量之大，之「牛B」，不是深圳那個叫王軍的乾爹所能為的，她背後一定有老虎式的人物。中國叫王軍的很多，究竟郭有多少乾爹，哪些王軍才是她的乾爹，她的

親爹是誰，這些都還是一團霧，公眾盡可去猜。網上有很多傳言，空穴不會來風。經驗表明，在中國，傳言往往就是真相。

第三、紅十字會絕對不清白，在中國凡與錢打交道的機構，沒有哪家能保證清白，原因就在於失去監督必然產生腐敗。如果紅十字會要證明自己清白，請盡快公布多年來的帳目並接受公眾查證，我諒你們不敢。

第四、郭這次做了一個提線木偶，公開承認自己賣淫，但是她和她後面的那些人，完全看低了公眾的智商。越來越多的中國人已經不相信官媒，越來越多的人也漸漸學會了獨立思考和理性分析。

由此我就想到，這種所有官媒同時出動來把輿論往一個方向導引的事情，在民主國家是絕不可能發生的。在民主國家，媒體唯一的使命就是挖掘和報導真相，以體現社會公器的存在價值。

但在這個國家，媒體成了某些人的私器，可以由著他們任意操弄。在他們的操弄下，幾十年來，這個國家的報紙、電視、電台沒說過幾句真話，沒說過幾句人話，人民都像豬一樣被他們愚弄。

這個國家管媒體的部門也多如牛毛，不僅有宣傳部，還有廣電局，還有新聞辦公室，還有新聞出版總署等等，而這些部門在世界上絕大多數國家都是沒有的。趙丹說過：管得越寬，文藝越沒有希望。我想，這句話放在新聞出版領域也同樣適用。

新聞自由、言論自由是實現民主的必要條件，也是民主制度的重要組成部分。自由對於一個國家和民族的重要性，就像空氣對人的重要性一樣。

所以，一定要努力爭取言論自由和新聞自由。希望在不遠的

將來，中國人可以自由思考、自由說話、自由發表、自由辦媒體。

只有到那時，郭美美和她乾爹們的那類爛事，恐怕一發端人民就曉得了。而且只要牽涉了政治上的腐敗，那麼他們想把自己的醜事壞事藏著掖著也是不可能的，他們更沒有機會炮製一些雲山霧罩的假相來糊弄人民。

因為，在自由媒體的窮追猛打之下，再狡猾的狐狸尾巴都會很快暴露出來。

周永康案郭美美案 一種喉舌兩種消費

■大紀元評論作家陳思敏：

2014 年 8 月，救災進入第二天的雲南昭通魯甸地震，死難人數已逾 400。大災當前，紅會急募款，連發多條微博要大家忘了郭美美。此前，郭美美已遭警方拘留，同時被官媒剝光解剖，被央視「公開審判」，連其家人親戚也一併被株連示眾。

在網站有關震災報導的頁面，多會附上警方起底郭美美的新聞鏈結。據媒體報導，郭美美一夜之間從炫富女變成「高價賣淫、開設賭局、抹黑紅會」的女巫婆。但是警方太弱智，還是習慣當民眾弱智，警方的「調查」，在關鍵處明顯不合常理之外，在時間上也發生「回到未來」的錯亂，甚至在郭美美的身分證與行駛證的登記資料上，還反曝北京警方存在「造假」的問題。

可是警方薄弱的資料，卻被央視當成「鐵證」，不但把郭美美拉上電視螢光幕演出認罪，還株連報導：郭美美出生單親家庭，其父詐騙，其母長期經營洗浴業，其姨容留他人賣淫，其舅販毒等等陳年舊事。若郭美美有罪，尚且不及家人，就算郭美美確實

有罪，電視不是法院，新聞報導亦非法庭宣判，央視有何權力未審先判讓她電視認罪，更無權曝光其他的人與事。央視這種踐踏司法和媒體底線的醜陋行徑，比郭美美事件更令人作嘔。

而且央視不只一個頻道，還用多個頻道輪番播出郭美美案件。但媒體操弄者錯打算盤，輿情顯示，民眾笑央視不笑郭美美，央視貪腐和郭美美拜金有何高低之分？

郭美美只是個人賣淫，央視本身就是大淫窩，郭美美不過一個失足女孩，不是手握公權力的黨員官員，民眾更希望看到的是涉案情節重大的央視女主播、郭振璽、芮成鋼、李東生、周永康、谷俊山、徐才厚這些人「現身說法」，為啥央視不拉他們上電視認罪？

相比郭美美個人私生活，民眾更想知道：央視女主播如何以色易權，芮成鋼如何以權撈錢，李東生 610 辦公室主任的隱密職務如何執行對法輪功的迫害，周永康的政法系統如何勾結武警與軍隊醫院活摘器官，各地勞教所如何非法關押壓法輪功學員成為天然活體器官供應庫，央視如何編導製播天安門自焚偽案等等長久以來被掩蓋的罪惡真相。

然而事實擺在眼前，喉舌報導郭美美案是十足真小人，對周永康案的報導則是標準偽君子。周永康的貪腐無度，來自長達十年主掌公檢法的位高權重，沒有這個關鍵權力他無法如此腐敗，更重要的是，他不是憑空上位，是後有推手才讓他就位，民眾現在只問誰提拔他的要一併交代，荒謬的喉舌非但不問執令致之，執使為之，卻一味吹捧「反腐空前勝利」。

國家司法應為全國人民主持公道，周永康十年荼毒，公檢法腐敗無以復加，億萬百姓投訴無門。就在周案公告後，2014 年 8

月1日下午，湖南湘潭市政府門口發生一起訪民自焚事件。

人命不在多寡，每個生命都是獨一無二的寶貴。在這個底層民眾以死抗爭的背後深藏多少不公不義的冤情，如此有新聞價值的事件，央視等喉舌卻隻字不提。而無視民間疾苦的中共喉舌，此刻震區廢墟下面才是你們的歸宿，百姓何辜代你們受過了。

8月才開始，兩天之內，昆山爆炸，雲南地震，合計近500人死亡。天是有不測風雲，但每次死傷如此慘重必有天啟。周永康權掌公檢法對百姓暴力「維穩」的冤情遍地，對法輪功學員活摘器官所積壓的累累血債，都是天理不容，敢問這個國家，如何能夠風調雨順？

郭美美電視認罪實為中共轉移視線

■英國衛報報導：

這是熟悉的一幕：被拘禁的人凝視鏡頭，慢慢的陳訴自己的罪行，時而痛心疾首，時而潸然淚下。這就是中共喉舌 CCTV 拍攝的名人坦白罪行，通過新聞節目向全國人民廣而告之。

英國《衛報》報導，評論家稱，還沒有被司法判罪的社會名人被強行拉出來示眾，接受人們的口誅筆伐，是中共為了轉移國內矛盾視線的慣用手法。

被中共炒熱的 23 歲的「紅會炫富女」郭美美，因非法賭球、賣淫而出來認罪。在過去的一年中，中共已經把不少名人拉出來「示眾」，從網路名人薛蠻子、到現在的郭美美，和最近被判刑的前路透社記者、英國偵探韓飛龍，都曾在鏡頭前「悔罪」。

許多人在電視上面對全國觀眾，坦白自己的「罪行」時，其

實還沒有走完司法程式，也就是說從法律上講還不是罪犯。他們中大多數已經被關押了幾個星期，然後上電視「招供」。

《衛報》還引用中國一名律師的話說，中國的這種所謂「媒體審判」的做法違背了媒體的道德，尤其是如果這一切是由中國當局幕後指使的話，則是嚴重違背了「無罪假定」的基本原則。

因批評鐵道部而被 CCTV 停職的媒體人王青雷表示，中共的「電視轉播的供述是為了政治需要」。他說，那些上電視認罪的人其實不一定是罪大惡極的，人們應該問問，為什麼這些人占據電視的黃金時間來「坦白」。

加州大學伯克利分校研究中國刑事司法的 Glenn Tiffert 表示，對中共來說，公開坦白和懺悔不僅僅是犯罪人悔罪的表現，更有「樹立榜樣」的作用。他拿 1951 年的「三反」運動跟當今比較，都是用公共人物開刀，殺一儆百。

雖然中共已誓言要打擊刑訊逼供，但是國際人權組織警告說，在中國強迫認罪的現象非常普遍。

目前雖然郭美美的案件吸引了一些注意力，但是一些中國觀眾開始懷疑，這個案件很可能是為了轉移視線，讓人們不再關注死亡 70 人的昆山爆炸案和死亡 300 多人的雲南地震。

第二節

開賭場判刑五年

2015 年 9 月 10，北京市東城區法院開庭審理郭美美、趙曉來的開設賭場罪，經過一天的庭審，法官當晚宣布，郭美美被法官判處有期徒刑 5 年，罰款 5 萬元人民幣。趙曉來被判處有期徒刑 2 年，罰款 2 萬元人民幣。當天，一百多名人大代表及政協委員、記者到場旁聽。庭審沒有涉及郭美美與紅十字會的關係，希望通過這次庭審了解相關情況的人士對此表示失望。

在法庭上，現年 24 歲的郭美美戴著圓框眼鏡，穿白色無領 T 恤衫配黑褲，外表斯文，引來不少同情的目光。郭美美的兩側各站一男一女，兩名法警。視頻畫面中，郭美美的雙腳戴著細軟的金屬腳鐐。郭美美的母親則坐在旁聽席上，神情沒落。

當局這次破天荒的高調公開庭審內容，並安排現場直播審訊過程。

一審被判刑 5 年 是否上訴尚未決定

　　據《南方都市報》報導，郭美美的母親也出現在庭審現場，直到宣判後庭審結束才抹淚離去。據辯護律師透露，對一審判決的結果，郭美美暫未確定是否要繼續上訴。

　　在 7 小時的庭審中，對於檢方指控以及出具的證人供述，郭美美和趙曉來都曾當庭表示異議。郭美美多次強調打牌是臨時起意，沒有蓄意策劃賭局，並稱不認為自己是組織賭博而只是參與賭博；趙曉來也翻供稱兩次赴賭局提供刷 POS 機等服務卻並不知道這是賭局。

　　而在自我辯護中，郭美美還說道：「我知道犯錯了，也特別後悔我的無知、不懂法，不知道約朋友在家裡打牌會造成這樣的後果，以後一定不再犯同樣的錯誤，希望法院能公平公正判決，不會因為紅會的事情或者外界的關注做出不公的判決。」

有人一小時輸了 90 萬

　　在庭審中，檢方出示的多份證據披露了賭博細節。有證人表示，自己參與郭美美組織的賭局，一個小時就輸了 90 萬。

　　參賭者徐某供認，一次，郭美美給他發短信說要在北京公館某房間「開會」，他就知道郭美美要組織牌局。到的時候房間裡有郭美美、助理呂某等 8 個人。郭美美說，上桌後每人先給 2 萬元的籌碼，籌碼輸了先要結帳，然後再繼續玩。徐某稱，郭美美按每把賭注的 5% 抽水，她的助理呂某負責在賭局中打雜、結帳。

　　參賭者馬某供認，2013 年 3 月 13 日晚，他參與了郭美美的

賭局並贏了 2.5 萬元。馬某說，郭美美是徐某介紹認識的，玩牌的時候凡是徐某要介紹的人就是「局頭」，即賭局的組織者。「知道局頭是誰，才知道賭局結束後找誰結帳。」馬某說，郭美美向他介紹了牌局的規則：輸了當場刷卡結帳，贏了第二天轉帳。

參賭者梁某供認，2013 年 7 月 1 日，他參與郭美美的賭局並輸了 90 萬。當天晚上 11 點左右，梁某在朋友的帶領下去北京公館郭美美住處打牌，「郭美美是開局的人」。一小時後，梁某想要離開，被告知輸了 90 萬元，結了帳才能走。梁某認為數字有誤，刷卡支付 20 萬元後離開，後來又讓司機在第二天早上匯款 70 萬元。

緣何羈押一年後方開庭？

2014 年 8 月 20 日，郭美美被東城區檢察院以涉嫌開設賭場罪依法批准逮捕。直到 2015 年 5 月 22 日，才被起訴至法院。5 月 28 日法院正式受理此案。9 月 10 日，郭美美涉嫌開設賭場案將在法院開庭審理。從批捕到審理超過一年時間，是否符合法律規定？

官方稱，根據刑事訴訟法規定，逮捕後的偵查羈押期限一般為兩個月，案情複雜的話，還可以延長一到三個月的期限。偵查階段可以有六個月甚至更長的期限。案件進入檢察院審查起訴，可以補充偵查兩次，每次一個月，在檢察院最長可以達到六個半月。「按照法律規定，偵查階段最長可以達到半年以上，審查起訴最長為六個半月，兩者相加有一年多時間。而郭美美案件中，兩者相加的期間共計九個月，完全符合法律規定。」

是否疲勞審判

郭美美及辯護人當庭提出，偵查機關幾次對郭美美的審訊時間均在凌晨，據此認為偵查機關存在疲勞審訊等問題，向法庭要求審查郭美美的庭前供述是否系合法取得，並要求對郭美美審訊證據的視頻資料進行審查。

官方稱，在預審階段，偵查機關共提訊郭美美 22 次，訊問時間多數不超過半小時，最長約為 4 小時，其中僅 7 月 14 日當天訊問兩次；夜間訊問沒有超過法律規定時間。同時，郭美美辯護人在法庭調查階段提出該申請不符合法律規定程式。按照法律規定，申請應當在庭前提交。

郭美美翻供 被從重處罰

在庭審中，郭美美當庭否認與參與牌局的陳某、徐某等人認識，且表示自己沒有在牌局中「抽水」。郭美美稱，在康奈德組局時，由於康奈德不講中文，自己只是做翻譯，轉達康奈德的意思，因此被參賭人員認為是開賭局的人。

經過舉證、質證等環節，並給予郭美美及辯護人充分辯護的時間後，公訴機關發表公訴意見指出，郭美美在庭上翻供行為，對是否辦理銀行卡、介紹盤局規則出現前後不一致的回答，表明其推脫責任和拒不認罪的態度，依法應當從重處罰。

最後，一審法庭宣布判處郭美美 5 年監禁，罰款 5 萬人民幣。

不過，相比之下，人們並不十分關心郭美美的刑期。長期關注郭美美事件的湖北網路作家劉逸明表示：「實際上，郭美美這

個案子之所以廣受公眾關注，最關鍵的因素就是因為她跟紅十字會，有千絲萬縷的聯繫。很多人都期待這次庭審時，郭美美能夠透露一些鮮為人知的內情，特別是她跟紅十字會裡哪一個高層人士有不正當的關係，有密切的往來。官方現在也很重視，他們希望通過郭美美的庭審，讓媒體自由報導，去洗清紅十字會。這件事情已經發生了，官方再怎麼努力，紅十字會在公眾心目中，依然還是黑十字會。」

網民對這次審判不以為然，他們把目光聚焦在以前和現在，兩個不同的郭美美。「老鬼看盤」寫道，「褪去浮華，清純一點多好，只可惜被染過的白紙，再也回不到從前。」另有人寫道，郭美美素顏照，很一般，還不如旁邊的女警有氣質。網民「茜茜」稱，一個弱女子，好無辜的眼神！你們仔細看到了沒有？又稱，郭美美是最美的犯人。「雨打蕉葉」稱，郭美美的民憤還不算太大，大家只是看熱鬧，說實話，幸虧她啊，不然我們還在傻乎乎的捐款。

第十二章 郭美美翻供

中國大變動系列 **038**

郭美美案的中南海絞殺

作者：王淨文 / 季達。**執行編輯**：張淑華 / 黃采文 / 韋拓。**美術編輯**：吳姿瑤。**出版**：新紀元周刊出版社有限公司。**地址**：香港荃灣白田壩街5-21號嘉力工業中心B座3樓25。**電話**：886-2-2949-3258 (台灣) 852-2730-2380 (香港)。**傳真**：886-2-2949-3250 (台灣) / 852-2399-0060 (香港)。**Email**:mag_service@epochtimes.com。**網址**：www.epochweekly.com。**香港發行**：田園書屋。**地址**：九龍旺角西洋菜街56號2樓。**電話**：852-2394-8863。**台灣發行**：高見文化行銷股份有限公司。**地址**：新北市樹林區佳園路二段70-1號。**電話**：886-2-2668-9005。**規格** ：21cm×14.8cm。**國際書號** ：ISBN978-988-13959-7-9。**定價** ：HK$98 / NT$400。**出版日期**：2015年10月。

新紀元
NEW EPOCH WEEKLY